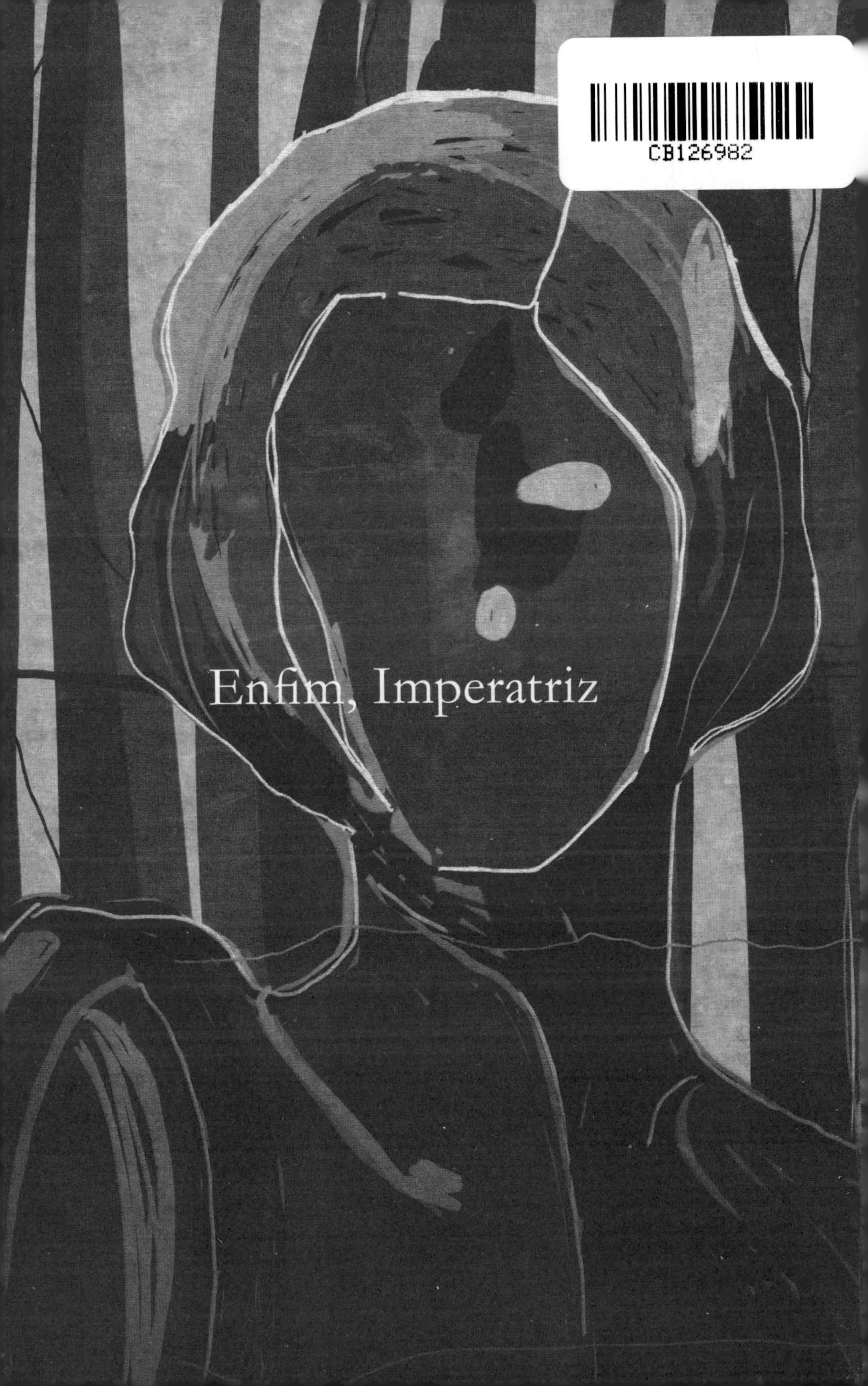

Enfim, Imperatriz

Editor
Eduardo Lacerda

Capa e projeto gráfico
Roseli Vaz

Fotografia
Pedro Abude

Assistentes Editoriais
Amanda Vital, Angélica Marques, Gabriel Santana, Içara Bahia
João Vitor Nascimento, Rafael Arms, Ricardo Escudeiro

Administrativo e Comercial
Pricila Gunutzmann

Administrativo e marketing
Sofia Fernandez Gunutzmann

Expedição
Sheila Gomes

Eventos
Flávio Rodrigues

Catalogação na publicação
Elaborada por Bibliotecária Janaina Ramos – CRB-8/9166

M195e

Maglio, Maria Fernanda Elias
Enfim, Imperatriz / Maria Fernanda Elias Maglio; Fotografias de Pedro Abude.
– 2. ed. – São Paulo: Patuá, 2025.

172 p., fotos.; 16 X 23 cm

ISBN 978-65-281-0114-6

1. Conto. 2. Literatura brasileira. I. Maglio, Maria Fernanda Elias. II. Abude, Pedro (Fotografia). III. Título.

CDD 869.93

Índice para catálogo sistemático
I. Conto : Literatura brasileira

Editora Patuá - Livraria Patuscada
Rua Luís Murat, 40
Vila Madalena - São Paulo - sp
(11) 96548-0190
editorapatua@gmail.com
www.editorapatua.com.br

Enfim, Imperatriz

Maria Fernanda Elias Maglio

São Paulo, 2025

PATUÁ
EDITORA

Para Gabriel, Dora e Antônio

Sumário

Prefácio

Não há mais palavras para escrever um mundo vazio: das loucas, das bandidas, das putas, das prisioneiras, das mães solitárias, das filhas perdidas, das mulheres que ainda querem ser ouvidas. E não há mais como dizê-lo porque sua medida de realidade extrapolou o dizível e as palavras sempre soam ou muito poucas, ou muito banais ou inúteis.

Mesmo assim, como com tudo o que é da esfera do irrepresentável, essas mesmas mulheres gritam por serem ouvidas e, quem sabe, representadas.

É nessa chave que circulam esses contos do primeiro livro de Maria Fernanda Elias Maglio, *Enfim, imperatriz.* No âmbito do que não pode, mas do que precisa ser dito. E sua escrita, dentro dessa impossibilidade, encontra — milagrosamente — um caminho: entre o mágico, o fantástico, o telúrico e o factual, esses contos trazem à tona mulheres que ao mesmo tempo não existem, mas existem demais. São mulheres impossíveis em sua fantasia, mas, por isso mesmo, totalmente reconhecíveis, quase como figuras mitológicas da sociedade. Estão lá a puta religiosa; a empregada doméstica cuidadosa e ignorada; a princesa estéril; a mãe órfã de seu filho; a prisioneira maternal; a redentora de uma cidade. Em cada uma delas, simbólicas e tão reais, o leitor se reconhece. Sou eu. E por quê? Porque essas mulheres são únicas e são de todos; estão espalhadas pelas ruas e no nosso imaginário.

O tratamento metafórico, misturando o orgânico e o natural ao estritamente pessoal, com personagens que são particulares mas também genéricas, faz com que os contos sejam ao mesmo tempo imaginários e familiares. É a forma possível – e bela – de conhecer o que não se pode dizer, de nos aproximar do absurdo da dor.

Talvez só a literatura, com sua possibilidade de simbolizar concretamente a vida dos outros, seja capaz de nos fazer sentir minimamente como é ser uma puta, uma mãe que perdeu o filho, uma presidiária amorosa. Maria Fernanda, com sua experiência real como defensora pública, aliada a um talento raro como escritora, amplia nosso sentido de humanidade e de tolerância, ao mesmo tempo que nos convida para uma leitura realmente nova e particular.

Noemi Jaffe

Dezembro de deserção

“O amor comeu minha paz e minha guerra. Meu dia e minha noite. Meu inverno e meu verão. Comeu meu silêncio, minha dor de cabeça, meu medo da morte.”

João Cabral de Melo Neto

Eu soube que ela ia embora na hora em que ferveu a água do chá. Não foram os olhos que disseram. Os olhos não disseram nada. Também não me disse nada a boca de dentes de ratinho, o nariz de buracos grandes, a pele de areia vermelha. Disseram-me as mãos. As unhas enfiadas no miolo da carne, os dedos sem cor nenhuma, de branco transparente, discordando do avermelhado do corpo inteiro, herança indígena que ela nunca me contou. Eu vi nas mãos dela que ela iria embora. Aquele era o chá derradeiro. Sua boca não encostaria mais em xícara daquela casa. Nem na minha boca, em parte nenhuma do meu corpo. Nunca mais ela sentiria o gosto salgado que dizia que eu tinha. Como se eu fosse um mar, carregasse o oceano dentro de mim. Ela me beijava e dizia que eu tinha gosto de mar. Que enfiar a língua na minha boca era sorver ostra recém-abortada. Eu nunca tinha comido ostra. Socada naquela roça. Sempre terra, sempre horta, sempre mangueira saturada de fruta. Mar nunca. O meu andar tinha sido ali. As caminhadas pelo sítio, a mata do Divino, coalhada de tucanos, a cidade nos dias de domingo. O seu percorrer tinha sido o mundo. Rosa correu o mundo. Caminhou pelos retalhos coloridos estampados no globo que era do meu pai. Andou pela Índia, China, Guatemala, Filipinas, Argélia, Noruega, Turquia. A cada lugar marcava o corpo com uma tatuagem. Chegou na roça com a mochila azul nas costas, feito um caramujo carregado de casa, e eu pude ver os braços. Âncora, coração, peixe-espada, um indígena americano. Quando as roupas da mochila dormiam no armário do corredor e Rosa na minha cama, vi as marcas do corpo inteiro. A arraia-manta na barriga, o palhaço e a flecha nos seios, as coxas cobertas por desenhos tribais. Os pés eram jardins. Todo sortimento de flores, arbustos, borboletas púrpuras. A primavera morava nos pés de Rosa. E eu amei a primavera. E também o inverno das costas, os flocos de neve caindo no chão branco, ainda que o dela fosse vermelho. Amei o verão que ela trazia no escondido da coxa, o solzinho laranja desenhado onde ninguém podia ver, só visto por quem escancarasse suas pernas. Impossível ver o sol e ignorar o sexo de crina vermelha. Se visse o sol, via o sexo. Se visse o sexo, via o sol. E eu vi tudo. Cada marca, cada desenho. Até o outono que ela carregava no calcanhar. A folhona seca do Canadá.

O dia em que ela chegou, era fevereiro. Queria que todo dia fosse fevereiro. Queria que ela chegasse para sempre. Os braços bordados, a mochila azul. Que todo dia batesse palmas na porta de casa me pedindo um copo d'água, que sol escaldante, tinha me esquecido desse sol aqui dos trópicos, que bonitos esses girassóis, você que cuida?, mora sozinha aqui?, não tem medo?, olha, um globo. E foi passeando com o dedo indicador pelos quadrados coloridos, dizendo o nome de cada lugar. Quando mudava de continente, tomava o cuidado de tirar o dedo, evitando se afogar naquele oceano pintado de azul. Ia rodando o globo devagarzinho, como se viajasse. Viajou assim por dez meses. Os pés enterrados em mim e os dedos passeando pelo mundo. Foi meu tanto de felicidade nesta vida. Antes disso, não tinha pretensão de alegria nenhuma. Tirante os girassóis colossais de asas amarelas, a horta, os tucanos que vinham bicar mamão na porta da cozinha, minha sobra era silêncio. A mãe tinha morrido. O pai também. Eu já tinha acatado a vida. Nada afora os girassóis, os tucanos, os livros na cadeira do alpendre, o chá de hortelã de manhã cedinho. Aí chegou fevereiro. Chegou a Rosa. A mochila azul. Os braços estampados. O dedo no globo. Eu tinha chão. Rosa me deixou de pés no vento. Eu não sabia se voava ou se caía.

Rosa me contou do mundo depois da borda do sítio. Disse que no posterior da minha divisa, tinha aquele universo todo do mapa. Que naquele além, tinha tigre de pelo azulado, chocolate que queimava, montanha de gelo e mulher que amava mulher. Eu queria cavalgar o tigre, mastigar o chocolate, trepar a montanha e amar a Rosa. Queria meu corpo de papel branco colado naquele corpo vermelho pintado. Rosa foi meu mundo. Eu, mar solitário, o oceano dentro de mim ganhando continentes.

No depressa dos meses, meu corpo foi copiando os traços que pintavam seu corpo. As pernas entrançadas, feito trama de rede, as barrigas presas pela cola do suor, dos humores, dos líquidos todos. E eu fui ganhando desenhos. Minha coxa friccionava a dela e eu tinha uma flor. Dávamos as mãos e na minha aparecia o espelho da lua que enfeitava a dela. Rosa achou graça e me pediu que eu ficasse de bruços. Deitada em cima de mim, olhando para o forro do teto, esfregou as costas nas minhas até que começassem a aparecer os flocos de neve que faziam o seu inverno. Tive também meu verão, meu outono no calcanhar, meus pés de primavera. Tive o ano inteiro gravado no meu corpo. Tive Rosa estampada em mim. Ela dizia que assim era bom. Que o amor tinha me carimbado. Eu nem me importava. De ser arremedo, do amor ter me desenhado, timbrado minhas pernas, minha barriga, meus braços. Eu só queria que os dias ficassem cativos ali no sítio. Que não se passassem meses, estações, anos. Que a gente nunca morresse. Queria acordar todo dia com a Rosa me dizendo que eu tinha gosto de mar. Queria copiar os desenhos todos, até a joaninha que ela sonegava na axila.

Rosa nunca saía do sítio. Eu que ia até a cidade. Trazia chocolate, pão de centeio, castanha. Ia sempre coberta, camuflando minhas ilustrações. Tinha uma prima que de vez em quando eu visitava, para que ela não estranhasse minha ausência. Ela me dizia que eu devia casar, ter filhos, uma vida. Ela não sabia que minha vida inteira estava no sítio, passeando o dedinho fino pelo globo do meu pai. O mesmo dedo que investigava meu sexo, penetrava minha carne. Ela desconhecia que minhas águas selvagens haviam encontrado terra. Que eu trazia o verão na coxa direita, o inverno nas costas e o medo de morrer no coração.

Voltar para o sítio era enlouquecer. Eu desatinava um tanto a cada vez que rodava a maçaneta da porta. Eu chamava, já quase sem ar, e toda vez me imaginava chamando e chamando, correndo para o terreiro, cavoucando a plantação de girassóis, peneirando os pedregulhos, Rosa, Rosa, Rosa. Mas ela vinha. Sempre vinha no primeiro chamado. Largava o globo, o livro, o chá. Explorava o saco de compras, abria o chocolate, punha um pedaço na boca, me beijava e dizia que eu tinha gosto de mar.

Ela não falou que ia embora. Só enfiou as unhas nas polpas das mãos, enquanto esperava a água levantar fervura. Bebemos o chá no alpendre. Ela na cadeira da mãe e eu no chão, assistindo o alvejar do dia de quase verão. Lavou a xícara e saiu. Disse que veria os tucanos na matinha. Não vestiu as costas com a mochila azul e nem me olhou. Só foi. Eu morri ali. A gente morre quando perde o medo de morrer. Eu perdi o meu. O amor comeu. O amor que Rosa deixou embrenhado em mim. Ele me comeu inteira, viva. Nem lambeu primeiro para ver se gostava do salgado que eu tinha. Escancarou a boca mastodôntica e me engoliu. Comeu meu inverno das costas e meu verão ocultado no entre das pernas. Mastigou minha carne, as fibras dos meus músculos, as cartilagens das minhas articulações. O amor esfolou minha pele, minhas marcas de catapora, as frieiras nos vãos dos dedos, as estrias que me rajavam a barriga. Arrebentou os calombos das minhas varizes, os nódulos que meu corpo escondia, as glândulas. Arrancou meus cabelos, o sebo do meu couro cabeludo, o esmalte dos meus dentes. Violentou minhas artérias, explodiu cada enzima, cada plaqueta. O amor estourou meus óvulos armazenados, os filhos que eu nunca teria, que eu nunca quis ter. Desmoronou as paredes do meu útero, macerou as pedras da minha vesícula. Engoliu o sangue venenoso ainda não filtrado pelos meus rins, depois meus rins. O amor comeu o câncer de esôfago que eu teria aos cinquenta e quatro anos e as infecções de urina que eu teria aos trinta e quatro, trinta e oito e aos quarenta e dois. O amor comeu minhas enxaquecas, minhas insônias, as unhas guardadas, meus metros de unhas que ainda nem tinham rompido as cutículas. Bebeu meu mar de um gole só. O amor me comeu, enquanto Rosa passeava pelo globo. Não mais com o dedo. Ele me devorava e os pés dela corriam Belize, Haiti, Senegal, Mongólia, Finlândia, Paquistão. O amor descascou as figuras xerocadas no meu corpo, enquanto eu tinha certeza que Rosa enfeitava o dela com um girassol amarelo gigante. Talvez no seio. Ele me deglutia, enquanto ela fazia de mim só mais um desenho no corpo vermelho. Esfregava o girassol que eu era em outros seios, me distribuindo para a humanidade. O amor me comia e ela nadava outros mares. Eu era um pingo no mapa de Rosa. Ela era meu mundo inteiro.

Botões coloridos e soldadinhos de chumbo

Eu gostava da casa sem o pai e da mãe sem o pai. Quando o pai folgava do trabalho, a mãe ficava alerta como se tivesse recém-sobrevivido a um terremoto. Andava sem nenhum barulho, como se os pés fossem de lã. Nesses dias, me chamava de Samuel, com um ar solene que não era de mãe. Não me ajudava com o dever de casa e nem oferecia um quadradinho de chocolate depois do jantar. Ia para lá e para cá, me olhando angustiada de vez em quando. Fazia pão, broa, galinha ensopada e mandioca frita.

O pai dormia muitas horas, de janela bem fechada, um cobertor fazendo de cortina. Uma tentativa de noite às duas da tarde. Depois acordava e, por segundos que duravam uma eternidade, limpava a garganta, fazendo um barulho como se tivesse engasgado com um naco de carne. A mãe servia um copo pelando de chá de gengibre. Ele tomava antes de acender um cigarro e fumar em silêncio. Nesses dias eu não ia à escola. Ficava ali, em silêncio, no meio do silêncio. A mãe quebrando a mudez para me chamar de Samuel. O pai não me chamando de nada. Só olhando com uns olhos de quem desaprova. Eu calado, não sabendo agradar, rezando para o santo anjo para que o pai falasse comigo, contasse o que tanto em mim o contrariava. Queria gostar do pai, gostar da casa com o pai, da mãe com o pai. Queria não ficar torcendo para chegar a data de sua partida, o regresso da vida de antes. A mãe fazendo chocolate quente nos dias de junho e limonada com gelo no calor de dezembro, bagunçando meu cabelo no afago, rodopiando comigo na sala quando o rádio cantava um rock antigo. Às vezes me chamando de Samuca, outras de Sam. Nunca Samuel.

Um dia ele chegou e não era dia de chegar. Não vinha com a mala pequena de sempre. Trazia uma mala grande e dois sacos plásticos. Surpreendeu nossa alegria clandestina. A mãe escutava o rádio no máximo volume e tinha acabado de tirar um bolo do forno. Não era de milho e nem de mandioca, no agrado do pai. Mas de cenoura, o meu preferido. Eu brincava. Não com os soldadinhos que a mãe me mandava brincar quando o pai estava em casa. Brincava de botões. Enfileirava centenas de botões coloridos, fazendo desenhos no chão vermelho do alpendre da casa. Flores de miolos dourados, grandes borboletas de asas azuis, corações de todas as cores. A mãe achava graça e cada vez que ia ao centro da cidade trazia um saquinho novo para a minha coleção. Naquela tarde, tinha chegado com uns minúsculos botões em forma de joaninhas. Os olhinhos eram duas pedrinhas pretas brilhantes, pequenas feito grãos de areia. Fiz uma fileira com as oito joaninhas e em volta delas coloquei uns botões verdes, como se fosse uma florestinha. A mãe dançava a música do rádio, tomando cuidado para que seus passos não desmanchassem meus desenhos. Eu olhando a mãe, apreciando os cabelos dela em caracóis compridos, dançando junto com a música.

O pai chegou, trincando a nossa felicidade com seus grandes sacos de plástico. Olhou para a mãe. Os olhos dele derretendo a alegria dela. Depois para mim. Não daquele jeito reprovando, com que sempre olhava. Mas com espanto e tristeza. Eu ali, sendo eu, sem os soldadinhos de chumbo e as calças quentes que a mãe me fazia vestir quando a casa tinha pai. Com minhas centenas de botões coloridos e meus shorts de algodão.

A mãe se apressou em desligar o rádio, colocando no rosto a cara de aflição que guardava para quando o pai estava em casa. Quis perguntar alguma coisa, mas faltou coragem. Por que ele estava em casa quando não deveria estar? Por que trazia a grande mala e os sacos? Eu também queria perguntar muitas coisas. Queria saber: por que eu não conseguia respirar direito quando ele chegava? Por que ele não telefonava no meu aniversário se estava longe, e se estava perto não dizia nada? O que eu tinha feito de tanta gravidade, que merecesse castigo?

Jantamos os três na mesa da sala. O pai no silêncio da reprovação, a mãe no silêncio da tristeza e eu no silêncio da minha ignorância.

A mãe me mandou deitar muito antes da minha hora de dormir. Fiquei sentado na cama, esperando o sono que não chegava. Naquela noite não teve silêncio. Ouvia a mãe dizer baixinho, e em seguida o pai. Eu me espantei que eles conversassem. Abri uma fresta do quarto e escutei.

— É só um menino. Não tem nem nove anos.

— Já dá para saber. O menino não é homem e a culpa é sua.

Debaixo do meu pijama de flanela, meu corpo tremeu. O que é que o pai sabia sobre mim que eu carecia tanto de saber? Como poderia ser homem, ter barba e voz grossa sendo ainda criança?

— Foi por isso que você veio? Pra cuidar do menino?

— Voltei porque me mandaram embora. O menino não tem conserto, já está bichado.

Uma bola de choro foi subindo até minha garganta. Achei que ia sufocar. Morrer ali, de pijama de flanela, atrás da porta. Abri a boca devagarzinho e deixei escapar o choro. O que eu tinha feito para dar tanta vergonha ao pai? Será que eu estava doente e ninguém havia me contado? Era isso que o pai quis dizer quando disse que eu estava bichado? Eu ali, maçã bonita vermelha, apodrecida por dentro, morrendo sem nem perceber. O pai decerto não queria filho doente, não queria filho podre.

No dia seguinte tomei coragem e perguntei para a mãe.

— Eu vou morrer?

— Claro. Todo mundo vai, um dia.

— Mas eu vou morrer logo, agora?

A mãe me olhou com espanto, franzindo muito as sobrancelhas. Depois me puxou para junto dela e perguntou o que tinha acontecido.

Ali, no abraço da mãe, no afago das mãos dela, cheirando a cebola e sabonete, contei que ouvi o pai dizer que eu estava bichado. Chorei porque não queria ser goiaba podre, não queria que um bicho me comesse vivo, não queria que doesse. A mãe chorou comigo. Disse que eu não ia morrer e que não tinha bicho nenhum. Só isso. Nenhuma palavra sobre o pai.

A presença dele todo dia mudou a casa. A comida da mãe tinha gosto de nada e o rádio não cantava. Nunca mais vi a caixa de botões. A mãe comprou uma espadinha de plástico e me mandou brincar.

Nessa época comecei a desenhar. Deitado no chão do meu quarto, recordando o tempo bom dos botões coloridos, desenhei borboletas e pássaros. Jardins de flores, lagoas com barquinhos, céus com mil estrelas.

Um dia o pai viu. Foi a única vez em que entrou no meu quarto. Nem mesmo entrou, só colocou um pé para dentro e esticou a cabeça para espiar. Eu desenhava o Natal. A árvore bonita, enfeitada com bola de toda cor, um punhado de presentes no pé da árvore, embrulhados em papel brilhante. O pai alegre, com a boca bem espichada pra cima, feliz com o Natal e comigo. Todo mundo com a boca para cima, corações de todas as cores desenhados no céu. Eu quase feliz, desenhando o menino feliz. Ele olhou e não disse nada.

Na mesma tarde, a mãe guardou o caderno de desenhos e a caixa de lápis de cor e disse que o pai não queria que eu desenhasse, que era para eu brincar com os soldadinhos.

Um dia a mãe chamou um menino da vizinhança para brincar. Nunca tinha ido menino nenhum em casa. Eu não tinha amizades. Desconfiei que era coisa do pai.

O menino pegou um graveto grande do quintal e disse que queria brincar de luta, que era para eu pegar uma espada também. Falei que não queria. Ele disse que eu era mariquinha, que todo mundo da escola e da vizinhança sabia. Que me chamavam de Samuel Marica e que riam de mim quando eu não estava perto.

Era o que o pai conhecia sobre mim? Isso que os vizinhos e as crianças da escola sabiam antes de eu saber? Era esse o segredo sobre mim que guardavam de mim?

Olhei para os lados, a boca tremendo de vontade de chorar. Vi o pai observando na fresta da janela. A cortina escondia parte do seu rosto, só apareciam os olhos.

Eu senti uma raiva que eu nem sabia de onde vinha. Raiva do pai, daqueles olhos mudos, me olhando sem gostar. Do menino dentuço parado na minha frente, contando o segredo que eu nem sabia que guardava. Raiva da mãe por guardar os botões e me fazer brincar com os soldadinhos de chumbo. De mim por ser isso que diziam que eu era. Por não ser fruta boa, sem bicho. Raiva de estar ali, vivo, podre, de pernas tremendo, de frente para o menino.

Fui para cima dele com a minha raiva. As mãos em soco, a testa franzida, o peito estufado. Ele era uma cabeça maior que eu e um palmo mais largo, me derrubou com um murro.

Senti o gosto do sangue, passei os dedos nos dentes para ver se me faltava algum. Olhei a janela e vi o pai. Sempre aqueles olhos. A boca ainda camuflada pela cortina. Achei que sorria. Sim, o pai sorria.

Terra de avesso

O mundo era recente todos os dias. Como se a cada manhã rebentassem do chão as rosas desamparadas, os manacás e as carreiras de paralelepípedos. Tudo era recém-nascido. No entanto, já nascia velho. Os muros se erguiam esfolados e as flores brotavam encapadas de poeira. Nada trazia o fresco das coisas há pouco paridas. Talvez por isso, decerto era mesmo por isso, que nada parecia verdade. A vida era só um arremedo de alguma coisa que não se via. O mundo ali era vestígio. O real estava do outro lado do morro, onde as rosas cresciam com viço e as paredes cintilavam a cal úmida.

As casas dos roseirais circundavam a praça. Na rua de trás, as casas sem rosas tristes. Só gente triste. A gente era triste sempre. Tirante nos casamentos e nas missas de ramos, as moças sacudindo muito os galhos acima das cabeças. Salvo nos velórios de gente rica, as flores ornando o defunto, o cheiro dos cravos acobertando a morte, para que ninguém se lembrasse de que morrer é feio e podre. O mesmo odor das carcaças das vacas atravessadas no córrego, o couro despregando das costelas, a carne ulcerada coberta de moscas fluorescentes. Os cravos, as rosas, os antúrios de narizes afilados, tudo em fingimento de que o homem não é bicho, não é carne. Com exceção dos dias de reis, os palhaços de máscaras de demônio, as roupas de chita saturadas de suor, o macarrão oleoso servido nas cuias, comido em pé, com a pressa da fome e da vergonha. Afora nos Corpus Christi, os tapetes de pó de café, farinha, serragem, fubá, as ruas coloridas de pombas e hóstias e anjos. O que restava era tristeza.

Se a vida era simulacro, encenação tosca do que não morava ali, por que a tristeza era tão de verdade? Por que não era fingimento, feito o sino da igreja, as margaridinhas amarelas na roda da fonte, o coreto empoçado de urina? Por quê? Por que eram tão tristes as filas das saúvas vermelhas, os mandruvás obesos colados nos troncos, as caixas de marimbondo-cavalo? E a gente pensava que do outro lado do morro, onde a vida era autêntica e a tristeza talvez fingida, os marimbondos eram sempre filhotes. Potros, carneiros. Cavalos nunca. Na grandeza da nossa imitação, marimbondo era cavalo, taturana-bezerra, sapo-boi. Uma abundância de bicho de curral. E a gente só queria o outro lado.

Talvez no depois do morro as figueiras não fossem tão altas. E se fossem altas, vai ver os troncos não escarravam tanto leite. E mesmo que da trinca da casca vazasse seiva abundante, decerto que nem curava os calombos e as úlceras. Do lado de lá, o sumo das figueiras era matéria sem antibiótico. Só baba de árvore, desprovida de virtude terapêutica. As crianças, caso tivessem a testa adornada por calombos, não se submetiam à cura do leite da figueira. Visitavam médicos, tomavam tônicos, raspavam o osso, drenavam a gordura que formava a íngua. Não se punham em pé diante da árvore de mil anos, dois mil anos, talvez. Não esperavam escorrer o leite da pele crespa e escoravam o calombo na ferida do tronco, enquanto a benzedeira abanava um ramo de arruda ou alecrim ou espada de São Jorge, cochichando rezas que pediam a Deus para curar o caroço da pobre criança. Pobrezinha que não sabe nada da vida, das matérias de verdade que se camuflam no escondido de lá do morro. E a gente no reverso, vivendo a ficção da cópia.

Ainda que os postes de luzes amarelas, os bancos de cimento e a argila da borda do rio fossem só um decalque, mesmo que tudo reclamasse verdade, a gente tinha medo. O padre jurava por Deus, por cada santo e cada anjo da anunciação que o inferno existia. Nas manhãs de caldeira, nas quaresmas vorazes, que se alastravam pelos domingos de páscoa e pelos natais, o padre aclamava a existência do inferno. E dizia que era preciso vigiar. As crianças e o capeta. Punha bem junto, na mesma frase. E a gente tinha medo de ser abrigo do demônio, de que ele habitasse o redondo da nossa barriga. Que dividisse morada com os vermes que pilhavam nossa comida. Que fosse ele, o demo, quem nos dirigisse a maldade. E imaginava uma direção pequenininha, feito as de carro de brincadeira, o diabo com suas unhas de faca segurando o guidão de plástico. Ora para a direita, ora para a esquerda. Acelerando sempre, que era para ter muita maldade. A gente seguia governado pelo capeta, extraindo as pernas das lagartixas albinas e arrebentando as ninhadas dos gatinhos com os nacos de concreto que descolavam dos muros. A barriga do gato recém-nascido dilacerada pelo peso da pedra, o intrincado dos intestinos derramando pelo buraco aberto. O pelo marrom ou cinza ou bege pintado do sangue sempre violeta. E a gente sentia fome. Por que tanta fome, meu Deus? E não era privação de alimento, todo dia leite com açúcar queimado, carne com farinha e sopa de fubá. Vai ver era precisão de alegria. Ou o diabo em conluio com as lombrigas, escamoteando a comida antes que ela fosse capaz de nos saciar.

Quem passasse para o lá do morro, não voltava nunca. Nem em caso de severa gravidade, morte de mãe velha, doença de filho criança. Nunca. O desertor subindo, abandonando nossa réplica para conhecer o real do mundo. A gente na aba do morro, acenando muito, recomendando muito que fosse com Deus, que tomasse cuidado com os escorpiões, as corais e as urutus. Lá a peçonha não era enfraquecida pela imitação. Devia matar.

Renunciavam ao nosso reflexo os homens e as mulheres. Crianças não, que era pecado. E a gente só queria crescer. Que os dias se encavalassem e passassem os aniversários todos e as roupas ficassem muito curtas e os pés vazassem das sandálias. A gente só queria o depois. O original, o fresco do novo, a sopa que fartasse a barriga, a barriga sem diabo, os gatinhos mamando nas tetas das mães, sem risco de pedrada, as tripas bem guardadas, os pelos limpos. Marrom, cinza e bege. Violeta nunca.

Dezembro de tamanduás e salve-rainhas

Era dezembro quando a mãe enlouqueceu. Não endoidou de soquinho, feito a vó Ana, que a cada dia cismava com uma nova sandice. Foi no repente, sem maiores avisos de loucura.

Eu gostava de brincar de curralzinho no terreiro. Arrumava as vaquinhas de corpos de batata e perninhas de palito e as prendia no cercado de gravetos. Às vezes punha um galho para servir de árvore. Uma fresca naquele areal sem fim. Naquele dia, meu irmão tinha ido nadar com os meninos no corguinho. Eu nem pedi para mãe. Não era bom que menina tomasse gosto em brincadeira de moleque.

Eu lá, entretida com meu gadinho, sem meu irmão para bulir com a vida mansa das minhas vaquinhas, inventando tempestades e atoleiros, quando o pai saiu da casa. Soube que alguma coisa de muita gravidade tinha acontecido.

Quando a praga mascou a plantação de milho, o irmão pegou maleita quase sem cura, o vô Dito morreu do coração, a cara do pai era de quem ia demorar para ter alegria. Na soleira da nossa porta, o pai tinha os olhos escavados de nunca mais. Nem me viu. Montou no carro e foi embora, levantando a poeira quente das três da tarde. Eu fiquei ali, sentada com minha fazendinha de fantasia, a nuvem ocre se desfazendo em minúsculos grãos de areia. Quando o pó baixou de vez, deu para ouvir o gemido da mãe. A tia lá com ela. Não era lamento de dor. Nem precipitação de tristeza. Era angústia. A angústia que antecipa a loucura sem volta. A loucura passageira nem sinaliza angústia. A pessoa nem toma ciência de que está endoidando. A definitiva, sem misericórdia, sempre manda a angústia na frente, antes de chegar de mudança.

Entrei na casa. Na tolice dos sete anos, mais com curiosidade que com preocupação. Pensei na mãe deitada, com panos de unguento colados na testa. A tia com os dedos entrelaçados nos dela, dizendo baixo a salve-rainha. Tão bonita a salve-rainha, com palavras que nunca se ouve em conversa nenhuma. Desterro. Degredados. A tia devia ter razão: não era oração para ser gasta em boca de criança. Decerto a tia estava rezando salve-rainha na cabeceira da mãe.

Não estava. Sentada na beira do fogão a lenha, com os olhos ruivos de quem chorou, nem me viu. A mãe não estava deitada, tampouco estava no quarto. Estava no banheiro, só vestida com a roupa de baixo, tomada de assalto pela loucura. Agachada, esfregava com força as canelas perebentas. Nunca soube que a mãe tinha perebas. E eram muitas, talvez mais de cem. Não sabia contar até cem, e ainda que soubesse, não conseguiria contar, com a mãe endoidando ali, quase pelada, mas devia passar de cem. De olhos fechados, esfregava as unhas com força nas pernas. Nem via o sangue rebentar nos buraquinhos. Abriu os olhos, como se adivinhasse que eu estava lá.

— Vem, menina, me ajuda aqui com os bichos.

Não era bom contrariar doido, de modo que me sentei junto dela.

— Não, com a unha! Eles entocaram.

E eu cocei, tentando alcançar a fundura da pele com o sabugo das unhas roídas. Os filetes de sangue escorrendo até os pés, o gemido cada vez mais frouxo, a mãe se livrando do último tantinho de sanidade.

Quando parou de coçar, já tinha se embrenhado em definitivo na vereda da loucura. Era só sandice. Dizia que tinha visto as chagas de Cristo e que os tamanduás estavam todos mortos.

Queria dizer a ela que a matinha do fundo da nossa casa estava coalhada de tamanduás, de todo o tamanho e qualidade. Tive medo de que ela se zangasse com a minha teima e falei como se doida também fosse.

— Morreu tamanduá, mas tem uma porção de bicho sortido lá na mata: capivara, cobra, preá.

Ela insistia nos tamanduás.

A tia acudiu. Disse que mãe precisava de descanso, e eu de brincar no terreiro. Saí contrariada, com vontade de pedir que ela rezasse a salve-rainha.

O irmão chegou do passeio. Imundo da lama fedida do corgo, dizendo que tinha sentado berne na cabeça dele. Contei da mãe. Ele não acreditou e me deu um tapa na boca. Nem podia chorar. Nenhum adulto para ralhar com ele. Daí ele escutou a sandice da mãe sobre os tamanduás e as chagas de Cristo e chorou. Abracei ele e choramos os dois, cada um com pena de si, tão sozinhos e sem mãe. Mesmo sendo eu a mais moça, cuidei dele como uma mãezinha. Lavei ele na bica e tentei espremer o berne da cabeça.

O pai voltou. Os olhos ainda mais vazios. Vinha com o doutor. Tentamos entrar na casa, meu irmão e eu. A tia danou. Quando o médico saiu, a mãe dormia o sono fundo dos que não têm agonia.

Aquele dezembro foi passando embolado. A mãe teimando com a história dos tamanduás, fazendo cocô na roupa, correndo pelada no terreiro. A tia chorando, se zangando com as crianças. O pai muito quieto, olhando para a gente sem enxergar. O médico vindo no auto com o pai. A mãe dormindo pesado, feito morta.

Era véspera do dia de natal quando levaram ela. O médico não veio no carro com o pai. Veio numa ambulância barulhenta, com dois moços vestidos de branco. Um escuro, de olhos bem verdes, e o outro claro, de dentes miudinhos. Tinham a cara séria de quem vai fazer maldade grave.

A mãe se agitou quando ouviu o apito da ambulância. Dançou a dança dos doidos, sacudindo as mãos para o alto, dizendo que os tamanduás estavam voltando. Estava alegre.

Nem deixaram ela terminar a dança. Tombaram feito cavalo xucro, alvoroçando a terra morna de dezembro. Ela não resistiu. Até esticou os braços para que amarrassem melhor as mãos. A mãe mansa, oferecendo o corpo para o abate, eles arrastando ela igual bicho morto, deixando na areia a marca estreita do seu corpo.

O pai quase chorava. O irmão agarrado à calça dele e ele sem nem notar. A tia rezando alto a salve-rainha, com os olhos fechados e as mãos torcidas. Comecei a rezar com ela, quase gritando quando a oração dizia desterro e degredados. A tia não repreendeu.

Dia seguinte já era Natal. Ninguém falou de presente e de comida. Nem uma bonequinha de espiga de milho, com vestidinho de chita. Nem um bolo de milho cozido ou galinha ensopada com pequi.

O presépio ali, montado pela mãe nos tempos de sanidade. Nossa Senhora perto do Menino Jesus. Tão boa, tão lúcida, tão mãe. Escondi a santinha debaixo do sofá, para que o Menino Deus vivesse comigo o doído de ser sem mãe.

Dava para escutar o sino da igrejinha da vila, chamando para a missa do Natal. O pai deitado. A tia também. Ninguém se lembrando das crianças, de dar leite morno e mandar para cama cedo, advertindo que faz mal dormir tarde, ainda que em dia de Natal.

Chamei meu irmão para ir lá fora. Fomos juntos até a beira da matinha. De mãos dadas, na cumplicidade.

Rezamos juntos a salve-rainha. Ele se embolando em uns pedaços, eu ensinando. Ficamos ali muito tempo, escutando o barulhinho da mata. Um tamanduá veio pertinho, dócil feito a mãe. Depois correu para o escuro das árvores. Foi a última vez que se viu tamanduá por ali. Um foguete bonito explodiu no céu. Já era Natal.

Enfim, imperatriz

Do meu útero todas as sementes escorregaram. A cada vez que ele se aliviava em mim, eu tinha crença de filho. Sete anos e eu infecunda. Médicos de Berlim, Dallas, Copenhague e Dublin me vasculharam. Fotografaram meu interior e me espantei que fosse tão turvo. Eu, de olhos cintilantes e boca de romã, em cuja cabeça aspergiram açúcar no dia do casamento, que era doce, que reluzia, me descobri oca. Dentro de mim só havia escuro. Sete anos de espera, clínicas e injeções. Ele me amava, decerto me amou até o fim. Pensava em mim quando se deitava sobre ela. Ela, cujo avesso foi claro e fecundo. Que pariu quatro filhos, o primeiro deles, homem. Herdeiro da dinastia persa.

Fui embora em uma terça-feira de fevereiro. Eu não era nada se não podia ser mãe. Nunca voltei ao Irã. Expatriada da terra onde nasci. Eu tinha saudades das tâmaras açucaradas, dos mosaicos de azulejos das paredes, do ar lavado, cheirando a anis e cardamomo. Em todos os lugares do mundo onde estive, me faltou oxigênio. Eu respirava chumbo. Ainda assim não voltei. Amei meu marido mais que a atmosfera pura, mais que a mim, que aos filhos que não tive nunca. Testemunhei as novas núpcias com o deleite clandestino de constatar a falta de exuberância da noiva. A beleza dela era a medida justa para se casar com o xá. Nenhum milímetro a mais. Os olhos eram um par de contas embaçadas, escuros como o meu revés. Não era bonita. Era fértil. Não tinha olhos de esmeraldas, mas o canal que convergia para o útero era um caminho largo e incontroverso.

Todas as vezes em que eles vieram a Paris, permaneci abrigada em meu apartamento. Recebi ordens de não me encontrar, nem por acaso, com meu marido e a esposa dele. Gostaria de vê-lo. Gostaria que ela me visse. Todos os dias desejei que ela visse meus olhos contornados de kajal. Pensava nela a cada vez que pintava a boca de batom, que prendia no pescoço o colar de rubis indianos que meu marido, o marido que ela supunha ser dela, havia me dado. Eu respeitei toda prescrição de clausura. Banida não só do meu país, da cidade em que escolhi viver. Acatei a regra da distância mesmo na morte dele. Eu, viúva, ausente da cerimônia fúnebre de meu marido. Pela televisão assisti à imagem dele deitado no caixão. A cabeça vestida de coroa de ouro e topázios, a farda azul de veludo, a espada de prata trespassada na cintura. Ela vestia preto em fingimento de viuvez. Os cabelos puxados para trás evidenciavam a testa imensa e o pregueado da pele no contorno da boca. Confinada no meu desterro, coloquei meu vestido de casamento (quase trinta quilos de prata, pérolas e seda) e celebrei meu luto. Eu era a viúva. Não precisa de fantasia negra e rosto lacrimoso.

A morte dele pôs fim ao meu degredo. Para mim bastava. Meu marido estava morto. Não devia obediência a mais ninguém. Passei a vestir minhas melhores roupas. Paris havia sido a escolha dela. Um dia nos cruzaríamos. Olhando a vitrine de sapatos, assistindo a um concerto, à estreia de uma ópera. Ostentava minhas joias e esperava que ela reconhecesse o gosto do meu marido nos brincos de jade, no bracelete de águas marinhas, na gargantilha de diamantes e ametistas. Dois anos e o encontro não aconteceu. A enclausurada agora era ela. Precisava encontrá-la. As pedras preciosas, as sedas e a firmeza das minhas coxas não faziam sentido se eu não pudesse exibir. Eu precisava dela. Se ela não renunciava ao recolhimento, eu devassava o esconderijo dela.

Saí de casa em uma manhã de domingo. Era junho. No céu, nenhuma nuvem. Um táxi e uma caminhada de cinco minutos e eu estava em frente ao prédio em que ela morava. Nada da imponência de um palácio persa. Nenhum mármore rosado, estátuas de touros alados, tijolos esmaltados, tapeçarias de fios de prata. Durante quarenta minutos esperei na entrada do prédio. Bastava um morador chegar para franquear meu acesso. Uma senhora de lenço cobrindo os cabelos, carregando uma sacola de compras. Segurei a porta quando ela foi fechar. Talvez tenha sido a riqueza do meu colar ou a certeza da minha mão segurando a porta. Entrei com a velha. Ela no segundo andar, eu no quinto. Toquei a campainha com a impaciência da vingança urgente. A criada atendeu. A casa que se descortinou na porta meio aberta tinha o fastio de quem a habitava. Móveis de madeira escuríssima, um divã de veludo verde, meia dúzia de tulipas mergulhadas em um vaso de cristal.

Fui entrando, enquanto a empregada me perguntava da parte de quem. Da minha própria parte. Não represento ninguém. Marido morto, filho nenhum. Eu, a única amostra da minha dinastia. Não fui convidada a sentar. Não me ofereceram chá de menta, nem nozes tostadas. A criada me seguia nervosa, enquanto eu tomava a direção dos quartos, me dizendo que eu não podia entrar ali, a senhora estava repousando. Pois é justamente o repouso da senhora que eu venho interromper. Sou eu quem preciso de descanso.

Ela estava deitada na cama com os olhos abertos. Eram nove horas da manhã. Não se espantou quando me viu. Ela me esperava. Sabia que eu invadiria seu covil de loba enlutada. Com um único movimento de mão acalmou a empregada, ordenando que franzisse as cortinas, saísse e fechasse a porta. A luz da manhã de verão devassou as imperfeições do rosto. O pregueado não era restrito ao redor da boca. Prolongava-se na testa, no contorno dos olhos, na pele do pescoço. Ela era um pedaço vincado de tecido ordinário. Um retalho amarrotado de gorgorão, algodão cru, juta. Eu era cetim. Meu escuro estava bem guardado na profundidade do meu útero. O dela esparramou-se pela pele.

Foi ela quem falou. Perguntou se eu gostaria de me sentar, me apontado a poltrona vermelha. Como se farejasse minhas digressões, olhou para o próprio colo e disse que o tempo era corrosivo. Contou dos ventos que esculpiam as falésias e roíam o chão. Das ondas que desgastavam as pedras e os morros. Geleiras dissolvidas pelo calor, cascalhos se amontoando nas beiras dos rios. Não em um dia só. Nunca em um só dia. Todo dia um pouco. E mais um pouco, e mais, e mais, e mais.

Até que não houvesse pedra, nem morro, nem solo, nem vento, nem mar. Até que não houvesse mundo. Conforme falava ia me mostrando as erosões que os dias e os meses e os filhos promoveram em seu corpo. Subiu a camisola até a altura da cabeça, revelando a barriga malhada de estrias roxas, os seios frouxos, as coxas despencadas. A visão do corpo dela em barrancos provocou alegria no meu. Eu quase falei. A frase já me queimava a boca, quando notei as mãos dela desenrolando a calcinha na descida das pernas. O sexo era enorme. Uma couraça escura e redonda, quase sem pelos. Com a cabeça, fez um movimento para eu me aproximar. Levantei-me da poltrona e contornei a cama até que estivesse de frente para ela. Eu em pé. Ela deitada. Com o vagar de quem saboreia a detenção de um segredo, foi apartando um joelho do outro diante de mim. Dentro dela morava o sol. Da vagina esguichava um facho brilhante. As palavras, que instantes antes me formigavam os lábios, escaparam garganta abaixo. A luz que ela sonegava era minha. Era eu quem deveria guardá-la. Ela me roubou a claridade, o marido, os filhos, a coroa de imperatriz. Eu estava ali para buscar o que era meu. Não tinha tempo para falésias e geleiras. Não podia esperar a lentidão dos dias que varriam uma pedra de cada vez. Eu tinha a pressa do desmoronar. Eu não era vento. Era terremoto.

Ela estava encharcada do esperma dele. Vinte e um anos escarrando nela o que deveria ser jorrado em mim. Os filhos que a vida me saqueou estavam confinados naquele aquário de luz. Inclinei o corpo para a frente, me abaixando um pouco para me aproximar. Ela levantou o quadril. Meu nariz quase tocava o sexo e eu podia sentir o hálito de amônia e sabonete. Ela tinha expectativa de toque. Queria que eu a tocasse. Com os dedos, a ponta da língua, com meu corpo de tecido passado a ferro. Eu toquei. Com o canto do indicador e a cautela de quem rela na brasa. Para meu espanto, não fervia, a luz era morna. Ela se contraiu um pouco, em seguida se dilatando, como se corrigisse o espasmo, para que não houvesse dúvidas de que queria mais. Toquei de novo. Desta vez não com a ponta do dedo. Minha mão espalmada agarrou o sexo dela. Era um coração. Pulsava como um organismo vivo e autônomo. A vagina dela poderia sobreviver fora do corpo. Um ouriço solitário em uma fossa abissal. Enfiei a mão no buraco de onde vinha luz. A mão e metade do antebraço. Meu punho articulava dentro dela e ela sentia dor. Não me retirei dela enquanto não encontrei o que procurava. Ela me comprimia o pescoço, enfiava as unhas na carne do meu rosto e me pedia para parar. O sangue escorria pelo meu braço enterrado. A porta continuava fechada. A criada não interveio. Decerto achou que a patroa se divertia. Eu me divertia. Quando arranquei minha mão, ela estava quase desfalecida. Um animal machucado demais para reagir. Minha pele estava pintada do sangue dela. Brilhava. Na pinça dos meus dedos eu segurava o que extirpei. Uma minúscula pedra luzente. Uma estrela quase microscópica. O buraco do sexo, alargado pela violência do meu braço, estava escuro. Eu tinha desligado a luz. Agora era minha. Talvez eu mandasse fazer um pingente, um anel, incrustasse a pedra em uma pulseira de prata. Quem sabe faria uma coroa? Uma belíssima coroa de ouro escovado, a pedra reluzindo no centro, enfeitada de diamantes, brilhando mais que os diamantes. Enfim, imperatriz.

Terra alagada de sangue

Era uma terra mesquinha, dessas que custam a devolver em brotos as sementes que lhe dão para engolir. Naquele chão não crescia milho. Carecia muito para crescer milho, palha em cima de palha, o cabelo vermelhinho saindo da espiga, as centenas de grãozinhos, primeiro brancos, depois amarelos. Nascia mandioca, batata, rabanete. Tudo que a terra pudesse guardar na barriga, na esperança de que não apanhassem nunca, de que se esquecessem que o semear tem motivo na colheita. Dava também fruta amarga, fruto de sumo avinagrado era o que mais vingava por lá. A terra era feita de fel. Abundância só a sete léguas de distância. No Cipó do Murizal cresciam melancias do tamanho de um cachorro grande, suculentas, cor de sangue aguado, quase sem caroços. No Igarapé Raso, as parreiras apinhadas de uvas rosas subiam nos telhados das casas, nas cercas, nos batentes das portas. No Vale do Jaguaçu, não. Tubérculos mirrados e frutas de caldo azedo: era o que se tinha por lá.

Ninguém ali fazia refeições, as casas não tinham mesa, nem cozinha. As mandiocas e os carás já vinham cozidos e eram devorados nas cuias, sem sal, nem gordura. Todos os dias, cada morador recebia sua ração, o estrito do necessário para que a fome não matasse. Nunca para matar a fome.

O padre dizia que era castigo, pecados de outras eras expiados tardiamente. Quem nasceu naquela terra pagava o preço da perversão ancestral, do pecado antepassado, o crime nunca punido. Ninguém nunca soube do que se tratava. Imaginavam imensa gravidade: assassínio de mãe, fornicação desmedida, cusparada na cruz. Pecado de natureza imperdoável que justificasse tamanha miséria.

O padre sentenciava, nas homilias dos domingos de brasa, que quem nascesse ali dali não podia sair. Aquele que abandonasse a terra carregaria consigo o sacrilégio do pecado não perdoado. Morreria no repente, sem aviso de misericórdia, com o coração arrebentado, as vísceras rompidas, as veias estouradas.

Ano a ano os mantimentos raleavam. As últimas vacas morreram na invernada e a mangueira parou de ofertar as mangas de polpa aguada, que entulhavam os vãos dos dentes com uma infinidade de fiapos.

O padre tocou o sino antes das cinco da manhã. Não era dia de missa e nem hora de distribuição de mantimento. Ainda assim, domado pela obediência, o povo atendeu ao chamado da madrugada. Disse que tinha conversado com Nosso Senhor Jesus Cristo em pessoa e que a terra não tinha salvação. Não imediata. Que duzentos anos seria o tempo necessário para se saldar a dívida de pecado. Antes disso era preciso evitar que morressem todos de fome, presos a uma terra que negava o que a terra deveria dar. Contou que Jesus, em sua santidade, ordenou que ali ninguém vivesse além do necessário. Tivesse que matar, matava, assim não era pecado. Que a cada morte, o pecado original estava um pouco pago, o povo um pouco perdoado. Dali em diante, ninguém no Vale do Jaguaçu viveria mais que quarenta e cinco anos. Era o limite. Só assim não faltaria comida.

O povo sobressaltou. O padre pediu silêncio, batendo muitas vezes o indicador no lábio murcho. Explicou que a contar daquele dia, cada um que completasse quarenta e cinco anos deveria morrer. Instruções diretamente do céu diziam que a pessoa deveria ser morta às doze horas do dia em que completasse a idade limite. Deveria sair de sua casa nua, para demonstrar que da vida não se levava nada, ajoelhar-se nas raízes da mangueira e, de pescoço esticado, aguardar o golpe de misericórdia. Teria de ser faca, facão, serrote, foice. Valia tudo quanto é instrumento que corta e brilha contra o sol. Só arma branca. De fogo nunca, que era pecado. A execução da morte era incumbência do parente mais próximo. Cônjuge, filho, neto, irmão, sobrinho, nessa ordem. Na ausência de parente vivo (ou que não tivesse atingido a idade mínima de dez anos), o vizinho mais perto ficaria a cargo do serviço, preferencialmente o do lado esquerdo, depois o do direito, da frente, de trás.

Para que ficasse justo, todo morador que já tivesse ultrapassado a barreira dos quarenta e cinco anos deveria morrer também. Na sexta-feira seguinte, ao meio-dia, os maiores de quarenta e cinco anos deveriam se apresentar nus, com seus respectivos executores, aos pés da mangueira. Os que não comparecessem, fossem candidatos à morte ou executores, seriam expulsos da cidade. Sem comida nem roupa, carregando o pecado primitivo que fazia explodir as vísceras.

No dia marcado, a cidade assistiu à procissão de pelados que rumava com seus algozes para a mangueira infecunda. Teve quem fugisse: duas senhoras de quarenta e seis e cinquenta anos que se lambiam feito gatos, quando a noite chegava para acobertar as safadezas das gentes. Também fugiram dois executores, um filho e um irmão, com mais coragem de enfrentar a morte por arrebentação do que de degolar um parente de sangue.

Tirante os fugitivos, todos os que deveriam matar ou morrer estavam lá. Uma legião de sexos murchos e nádegas flácidas. As primeiras mortes foram demoradas. Os instrumentos, separados com diligência pelo padre, mostraram-se pouco precisos. O serrote enroscava-se nas veias calibrosas do pescoço e era necessária muita força para rompê-las. O que era para ser morto agonizava e não morria. O parente lutava com o serrote, as veias, a pele colada na serra, o sangue golfando das artérias recém-abertas. O facão também não foi efetivo. Salvo se o executor fosse forte o suficiente para desferir um golpe certeiro, a pancada da lâmina só servia para talhar o pescoço, sem matar de imediato. O sangue esguichando na cara dos presentes, do padre, empapando o chão. Quando se descobriu que o melhor instrumento era uma navalha afiadíssima, empréstimo do barbeiro, um dos candidatos a morto, a fila ganhou velocidade.

O condenado se ajoelhava, a nudez acentuando a fragilidade da magreza, olhava para o céu e às vezes rezava. Uma ave-maria, um pai-nosso, uma salve-rainha, que nunca dava para rezar inteira. O restante da reza esguichava junto com o sangue no buraco aberto pela navalha. Os corpos enfileirados um do lado do outro. Nus. Coloridos do encarnado do sangue. Os parentes chorando, a mangueira sem mangas, a terra encharcada. O padre não chorava. Sentado em uma cadeira para que não lhe cansassem as pernas, assistia à matança sem ver, de olhos fechados, tateando o rosário, enquanto mastigava uma oração. Foram cinquenta e sete mortos. Trinta e duas mulheres e vinte e cinco homens. Pobres miseráveis, revelando ao mundo a debilidade dos sexos murchos e a fraqueza dos corações. O padre mandou abrir uma cratera. Mais de mil pás de terra para que os braços, cabeças, pés e mãos estivessem camuflados pelo chão. O cheiro ferroso do sangue fresco ficou para sempre colado nas narinas dos moradores. Nem que sentissem aroma de café (e não sentiam nunca) deixariam de cheirar o ocre do sangue recém-morto.

Depois da matança coletiva, a degola nem impressionava mais. Chorava o executor e algum outro morador de mais sensibilidade. Ou mais idade. O aproximar da morte fazia chorar. Chorava também o que ia ser morto, e se não chorava, gemia baixinho como um gato recém-nascido ou alto como um cachorro ganindo de dor. A terra em volta da mangueira ficou para sempre alagada.

Ali, naquela terra de morte e laranjas de fel, vivia Inácio. Morava com a avó Manuela, uma mulher de olhos diluídos de sempre chorar. Chorava a filha que morreu tão novinha, adolescente ainda, entalada pelo filho que agora ela tinha que criar, que nem pai tinha, que nunca teve, criança que brota na barriga da mãe, sem semente, nem nada, cresce do sangue, da fome.

O menino já tinha feito oito anos. Pelo tamanho davam cinco, seis no máximo. As pernas enferidadas, a barriga distendida, povoada de toda sorte de vermes. A avó sabia que o menino era abobado. Demorou muito a nascer, foram necessárias muitas mãos e muitas horas para conseguir despregá-lo da barriga da mãe, engalfinhado que estava nas paredes do útero. A luta para arrancá-lo do ventre matou a mãe. Sobraram a avó e o menino recém-nascido. Nem leite de peito tomou, foi criado com o caldo da cana azeda e leite de mandioca brava. A avó achava que por isso o menino era frouxo da cabeça. Faltou leite de mãe, faltou mãe.

Inácio gostava de se balançar nas árvores, era meio menino, meio macaco. Palavra quase não dizia nenhuma. Fazia som: imitava passarinho, cobra, grilo.

Mesmo sem ver bicho, sem escutar bicho, Inácio conhecia tudo quanto é animal que a natureza tem. Não dizia o nome de nenhum. Fazia o som de todos. Até de tamanduá arremedava a fala.

A avó pelejou para ensinar letras e números. Eram pobres, famintos e tristes, não queria que o neto fosse burro. Quem sabe se ele estudasse muito, lesse a Bíblia de frente para trás, de trás para frente, não entendesse o pecado da terra, não curasse o chão impuro, libertasse a gente da penitência eterna de uma terra seca. Desistiu do intento quando os nós dos dedos começaram a doer com os croques que dava na cabeça dele, a cada vez que não aprendia a lição. A avó lhe dizia "A" e ele, em vez de repetir a letra, uivava igual aos lobos que nunca viu.

Manuela angustiava naquele fim de agosto. No dia seis de setembro faria aniversário. A cada ano, Manuela sabia que a morte andava mais um passo. Depois da matança da sexta-feira, não era só a impressão de morte. Era a certeza. Aos quarenta e cinco anos, idade que ela inteiraria no próximo mês, a morte era certa. Já não era o hálito mentolado da morte que ela sentia. Era a morte inteira. Seu corpo de pele de veludo, as mãos muito macias, os cabelos sempre recém-lavados, cheirando a sabonete de flor. Engana-se quem toma a morte por figura tenebrosa, mulher morta encapuzada, carregada de foice afiada. A morte é bonita e suave e, acima de tudo, cheira bem. Cheira a menta, a boca; flor, os cabelos; alfazema, as mãos; amêndoas, os seios.

Manuela sentia o corpo cheiroso da morte roçar o seu enquanto estirava a roupa no varal, descascava o limão no terreiro para o menino chupar, esperava em pé, as varizes latejando nas pernas, a sua vez de ganhar o cozido insosso de mandioca com cará. Ao medo da morte somava-se o temor de quem iria matá-la. Era uma das poucas casas em que não havia vizinhos próximos. Nem do lado esquerdo, nem direito, nem na frente e nem atrás. Sua casinha, de madeira escura e janela pintada de branco, ficava bem no meio de uma capoeira. Por ali só mato rasteiro, ipês sem nenhuma flor, um córrego de dois palmos. Vizinhos só a uma boa pernada de distância. Passou pela cabeça que o padre pudesse chamar o neto para fazer o serviço. Lembrou-se da idade mínima de dez anos e se acalmou. Ainda por cima, o menino era aparvalhado, nem sabia o que era matar ou morrer. Não tinha pecado, nem nunca iria de ter. Criatura de Deus, pura feito o algodão que se desprende da paineira.

Quando setembro entrou, o padre mandou chamá-la. Ela acudiu ao chamado sabendo que ele falaria do seu executor. Ouviu dizer que os vizinhos de longe se recusavam a fazer o serviço.

De fato, o assunto era a morte dela. O padre perguntou se ela sabia que morreria. Disse que sim. Perguntou se sabia quem a mataria. Disse que não. O padre contou que ela não tinha executor. Falou que vizinho nenhum queria fazer o serviço, porque a casa dela era longe demais das casas mais próximas, que era justo, não tinha como não julgar justo, ninguém queria ter sangue nas mãos a não ser por estrita obrigação. Contou que refletiu duas noites sobre a negativa dos vizinhos. Pensou se não seria o caso de expulsá-los do Vale. Depois se consultou em sonho com Jesus e foi dito que, de fato, os vizinhos estavam libertos da obrigação, dada a distância que moravam da casa da candidata a morta. O padre tomou as mãos de Manuela e ela fez força para conter o impulso de recolhê-las nos bolsos das calças.

— Terá que ser o menino. Vamos prepará-lo para que dê conta de fazer o serviço.

Manuela recolheu brusca suas mãos das do padre. O menino não. Não pode ser o menino. Misericórdia, o menino nunca. Pode ser eu. Tenho mão. Pego a navalha e talho meu pescoço. Sangro igual bezerro. Morro afogada no sangue. O menino não. Nem idade tem. Não era dez anos, hein? A idade mínima? Não foi isso que o senhor falou? Dez anos? E o menino é tonto. Não sabe nada dessas coisas de morte. Já vai ter que se virar sem mim. Eu morrendo, quem cuida dele, hein? Ele não presta nem para descascar laranja. Não sabe mexer em faca. Quem vai cuidar do menino, hein? Nem limpar o traseiro ele sabe. Não, não estou querendo ofender.

Não sabia que falar traseiro para padre era pecado. É que o menino é pancada, todo mundo sabe disso aqui. Tem a cabeça frouxa. Não sabe se lavar, vive escarafunchando a lama fedorenta da beirada do rio, procurando não sei o quê. Passa horas pendurado no tronco da mangueira, balangando o corpo pra lá e pra cá, feito um enforcado. Não vai saber matar. É capaz de cortar a mão, o pobre. Nunca nem teve mãe. Só avó, que é mãe já gasta, mãe usada pela vida. Leite de mãe, então, nunca nem sentiu cheiro. Não sabe o que é seio de mãe, um pecado, pobrezinho.

O padre sentenciou: o menino teria que matar. A não ser que ela convencesse alguém a fazer o serviço. Era isso ou que se preparasse para deixar a cidade e enfrentar a dor do peito arrebentado.

Nos dias que se seguiram, Manuela percorreu as casinhas do Vale, oferecendo o pouco que tinha: as toalhinhas de crochê feitas pela mãe, os pratos de louça francesa que achou no armazém abandonado, a cama de armar com o colchão de paina costurado por ela. Para dois ou três viúvos, adivinhando a carência dos corações, ofereceu os seios, o sexo fermentado. Ninguém mostrou interesse nas oferendas, tampouco se apiedaram da palermice de Inácio.

Conformada com a própria morte e inconformada com o destino assassínio do neto, Manuela foi bater na casa do padre. Nenhum habitante incomodava o padre, principalmente na santidade do seu lar. Ninguém nunca disse, mas todo mundo adivinhava que era pecado dos graves. As batidas de palmas aflitas surpreenderam o padre, que acudiu a porta limpando as mãos na saia da batina. Há muitos anos não havia notícias de gordura naquelas terras. Nem azeite, nem óleo, nem banha, nem manteiga. Manuela não teve dúvidas. O cheiro que se desprendeu das mãos do padre, quando ele as esfregou no tecido da batina, era de gordura. Banha de porco derretida. Ou de vaca.

Manuela ajoelhou e pediu, por misericórdia, pelo poder do sangue de Cristo, que o menino fosse poupado, que o padre desse uma permissão especial para que ela mesma fizesse o que tinha que ser feito. O padre, estalando a língua nos vãos dos dentes para livrar-se dos restos da refeição interrompida, disse que suicídio era pecado. E dos imperdoáveis. Que o assunto estava encerrado, ela que se apresentasse daí a dois dias, desnuda como conheceu o mundo, levando pela mão o menino tolo, que ele, padre, já estava começando a afiar a navalha.

A avó tentou ensinar o menino a empunhar a navalha, fazer corte preciso, afundar a faca para romper as veias grossas. A cada vez que Manuela fazia o gesto da lâmina partindo o pescoço, na tentativa de prepará-lo para o que iria acontecer, Inácio gargalhava e pulava pelo terreiro, imitando um orangotango, que nunca tinha visto. Abaixava os shorts e batia nas nádegas, pulando com uma só perna.

No meio-dia sem sol do dia seis de setembro, Manuela saiu de casa sem roupa, levando pela mão o neto. Inácio quis imitar a avó e tirar a roupa também. Manuela permitiu que ele se despisse da camisa. Beliscou o braço do menino quando ele tentou arrancar os shorts.

A cidade inteira em procissão, já acostumada ao espetáculo da morte, estava consternada naquela manhã de quase chuva. Nunca havia se visto menino tão pequeno matar. E nem tão tolo.

O padre esperava debaixo da mangueira, a navalha estendida na mão direita, a lâmina brilhando mesmo sem sol, como se as centenas de matanças tivessem conferido um brilho próprio, que não necessitava de luz. Só de sangue, veia e pele.

O menino, ignorando a solenidade da morte, fazia graça para o povo, que olhava sem rir. Vez em quando apertava os seios moles da avó, que o repelia com um safanão, "modos, menino, é hora de morte".

O padre ordenou que Manuela se ajoelhasse. Perguntou se ela se arrependia de seus pecados em vida e nem esperou que ela respondesse que sim, que se arrependia de todos os pecados, dos homens com quem havia se deitado, dos rancores que deixou florescer no coração, que se arrependia do pecado de ter vivido. O padre ordenou que ela olhasse para cima, que já era hora. Em seguida entregou a navalha nas mãos de Inácio e disse: meu filho, faz o serviço que Deus te incumbiu. O menino pegou a faca e desenhou no chão lamacento. Um coração, uma estrela, um sol. O padre irritou-se. Disse que era blasfêmia, que o divino não perdoaria, que o menino receberia castigo severo dos céus. A avó chorou e implorou para que o menino cortasse, era só cortar, passar a faca no pescoço, romper pele, arrebentar veias, artérias, tudo quanto é tubo que passa pelo pescoço da gente. O menino ria ainda mais. Não o riso débil dos que carecem de juízo, mas o riso ingênuo das crianças que não reconhecem a gravidade do que está prestes a acontecer.

O padre suspirou fundo, entendendo que o serviço não seria feito pela mão tola de Inácio. Pelo menos não sozinha. Segurou a navalha junto com ele, colocando sua mão de padre na mão de lagartixa do menino: pequena e úmida.

Uma a uma as camadas do pescoço da avó foram violadas. O couro, as nervuras, a garganta. A avó não rezou. Disse "piedade" até que a faca interrompesse a palavra, deixasse Manuela muda para sempre, morta para sempre.

O menino, borrado do sangue violeta da avó, não riu mais. Talvez não tenha rido nunca mais. Imitando macaco (não macaco alegre, que faz "uhuhu ahhh" mostrando os dentes de toda a arcada, mas sim macaco triste, de quem esfolaram a pele), Inácio foi subindo até a copa da mangueira. Quando estava lá do alto, olhando o povo sem ver, pulou para o galho da goiabeira sem fruta, depois para a quaresmeira sem nenhuma flor, e foi pulando e pulando, gemendo feito macaco com dor.

De longe, quem viu pode jurar que, nos fundilhos dos shorts do menino, nascia um rabo.

Flor azul

O coração, trazia embalado a vácuo. A minha cara era cimento, argamassa sólida, rosto de concreto, que anda sem ver o musgo silencioso arrebentando o firme do chão para nascer. Eu nem enxergava o lodo nos esfolados das casas. O meu esforço de esquecer me fez esquecer. Cimentar minha cara, nunca mais me lembrar do úmido do mato, da serrinha perto de casa coalhada de cupinzeiros gigantes, parecendo bicho pré-histórico.

A cidade me bastava. As gentes de dizeres bonitos, que deixam fora das frases *deus-nossassenhora-jesuscristo*, a salvo das conversas de chuva, de estio, de geada. Nem é assunto de cidade, esses teores do tempo. Ninguém se preocupando se verte água do céu ou se o sol torra o roçado. Ninguém. Eu, no arremedo das gentes de concreto, cimentei minha cara. Desejo de me esquecer para sempre da minha natureza de semente, de que não nasci plástico, argamassa. De que fui broto guardado esperando o encharcar do chão para germinar. Que lá embaixo, no subterrâneo, o que se ouvia era só a lida da terra. As raízes se alongando no infinito, na tentativa de um gole de água. As minhocas espichando os corpinhos anelados, sem buraco de olho, boca, sexo, ânus, um só orifício para todas as matérias.

Tantos anos tentando esquecer e eu me esqueci. As lembranças esquecidas viram plástico, o deslembrar é plástico. Fino e mole. Que derrete com o fogo e arrebenta com a queda. A gente segue se esquecendo. Súbito, a lembrança esquecida ilumina fluorescente. Material radioativo que é bonito e mata. Um tombo, um dia de caldeira e o plástico se dissolve. A carne se manifesta, rubra, inchada de sangue novo, esperançosa como um coração recém-transplantado.

Num repente, meu plástico rebentou para sempre. Um baque e um meio-dia de fogo. O que bastou. Rompeu sem perigo de remendo. Plástico derretido recua as beiradas, para que elas nunca mais se juntem, igual cratera de terremoto. Na dureza do chão, meus joelhos magoados pela rispidez da calçada, senti minha alma liberta da embalagem que a sufocava. Eu, semente há tanto brotada, vegetação estéril, com sede primitiva de chuva e de sol. Arregacei as mangas da blusa, ergui a saia na altura dos quadris. Eu tinha precisão de luz, tinha sede. No ridico do céu de estio que não mandava chuva, saí em busca de água. Foram quatro litros, bebidos nos gargalos das garrafas. Água que conheceu o subterrâneo do mundo, envasada em plástico que nunca foi vida. Conforme bebia, chorava.

Em casa, meu filho veio a meu encontro. Estreitei o corpinho dele no meu e pude sentir o embrulho dele, ainda amolecido pelo breve existir. Ele era morno e úmido, como se ainda se lembrasse de que veio de barriga de carne, do escuro do debaixo da terra, onde tudo é mudez e pelejar de raízes. Tive pena do meu menino, domesticado para a ignorância, adestrado a cimentar a cara, no igual do mundo. Tive pena de mim, mãe de plástico, que ama porque dizem que é bom amar. Eu, que me esqueci que o amor é premência, que se ama porque a vida não tem remédio. Apertei meu menino até que o calor do meu corpo recém-derretido dissolvesse o plástico que embalava o dele. Afogado no meu abraço, o menino chorou.

Fui embora com meu filho. Deixei tudo: a casa, as taças de cristal do casamento, os móveis laqueados, as roupas, o marido que dormia o sono plastificado dos que não têm angústia. Peguei o menino e só. Nada mais era carne, tudo ali carecia de verdade.

O menino acordou quando a gente chegava. O carro passando pela estradinha de terra, o dia rebentando laranja detrás da serrinha encaroçada, clarejando o bicho pré-histórico que ainda dormia, que dormia para sempre, desde sempre. O menino, no raso da sua idade, sabia que não era caso de falar. Só pediu água. Eu me alegrei. O coração dele devia bater desobrigado, sem a asfixia do embrulho.

A casa do meu pai era só desamparo. Casebre baldio, morada de deserção. As paredes rompidas em frestas, o telhado de folhas de flandres castigado pelas chuvas de tanto janeiro, de tanto dia santo, pela brasa de todo domingo, de toda quaresma. Sol que não gasta, não se põe, arde de dia e de noite arrefece a espera das gentes esperançosas.

Toda sorte de bicho fazendo a casa de morada. Morcegos recém-nascidos, colados nas tetas das mães, baratas de couro rosado e asas cintilantes. Uma infinidade de cobras, enroladas umas nas outras, feito trama de palha em forma de cesto. Urutu, capitão-do-mato, coral verdadeira, pico-de-jaca. Mantas de teias de aranha envolvendo moscas, besouros, até um rato pequeno. Uma jaguatirica filhote, os olhos de candeia alumbrando a escuridão da casa fechada. Dois dias de luta com os bichos. Meu menino seguro em cima do pé de cajá-manga. Eu na contenda com a natureza. A força ancestral de todas as coisas que brotam da terra, que comem da terra. A natureza vence porque carece de culpa, não sente culpa de nada. A gente segue culpado, culpando, desculpando. Desculpado nunca.

Espantei os bichos com uma fogueirinha na sala. O talhe em forma de roda ficou no chão de terra para sempre. Eu e o menino dormindo no canto onde dormiam as cobras. De móvel, só o sofá de palhinha limado pelas traças. Conservei por apego ao pai.

Atrás da casa fiz horta. Almeirão, couve, batata. Afora isso a gente comia as frutas que a terra dava, uma abastança de carambola, abiu, macaúba, jabuticaba do mato. Na pobreza da nossa dieta de ave, o menino nem crescia mais, ficou para sempre pequeno. Arfava quando andava, depois quase não andava. Tive tentação de médico, hospital, remédio. Resisti. Fervi carqueja, cavalinha, alecrim-do-campo, avenca. O menino, cada vez mais magro, cada vez mais amarelo, os olhos eram duas gemas aguadas, a pele adquiriu o tom mofado das coisas doentes.

Uma noite me pediu um carneirinho. Queria abraçar, ser uma mãezinha de um bichinho sem mãe.

A gente não tinha criação, tudo ali era bicho sem mando, natureza arisca. Fiz um carneirinho de chuchu, esculpi a cabeça com canivete, colei paina no corpinho e enfiei gravetos para fazer de patinhas. O menino cuidou do carneirinho. Com o dedo, desenhava minúsculos círculos na cabecinha dele, um dentro do outro. Com a boca colada onde seria a orelha, cantava música para o ouvido mouco do carneirinho, surdo para sempre, morto para sempre, cuja natureza de chuchu o impedia de ter coração. Músculo que sofre e sangra, se retrai aflito e se alarga renovado de esperanças.

Tentando alvorecer a força do meu menino, falei da primavera que iria povoar de flores o manacá. Que as flores tinham o cheiro açucarado da natureza generosa e que para ver a primavera era preciso resistir à brasa do verão, às ventanias ensandecidas do outono e à água de gelo do riacho no inverno. Que viver era resistir. A vida é batalha de sangue. Gente morta, ferida, ventre aberto, barrigada para fora. A vida é crueza.

A primavera arrebentou. O pessegueiro infestado de flores, a fileira de dorme-joão acordada, esperando um tocar de mão para dormir, gerberas laranjas, vermelhas, roxas. Meu menino era quase semente. Cada vez menor, cada vez mais quieto. Não carecia de saúde. Conservava a vitalidade das coisas da terra. Um tubérculo. Passava muitas horas com as pernas enterradas na horta. Pedia que eu regasse, entornasse o regador na cabeça dele. Quando chovia, deitava-se na terra com o umbigo olhando o céu que escarrava água. Não usava roupa. Deixava o corpinho queimar de sol e esfriar de relento. Nem enrolado comigo no lugar das cobras dormia mais. Ficava no sereno, vez em quando trepado no pé de cajá-manga.

Os bichos não faziam caso dele. Passavam sem ver, como se meu menino, nascido gente, fosse bicho também. Não era. A natureza dele era vegetal. Ele tinha reclamar de subterrâneo, pretendia o profundo, o miolo do chão.

Perdeu os pés, as mãos, os cabelos. De primeiro as extremidades, as bordas do corpo. Depois abortou pernas e cotovelos. Amanheceu só coração. Um redondo de carne bem debaixo do manacá. Sacudia as florzinhas roxas que cobriam o chão, contraindo e dilatando, feito uma vagina em gozo. Aguei o tantinho que restou dele, um naco de músculo vermelho. Meu filho. Daí minguou, que nem lua que se apequena depois de muito alargar. Do coração, restou só a cor. Meu menino tornado semente vermelho-sangue. Enterrei no chão macio da horta, bem no lugar onde ele costumava afundar as pernas. Não chorei. Não enterrava filho morto.

Dois invernos e eu imaginando ele na treva do solo, na teima do desabotoar. Meu coração emagrecia, no temor de que meu filho estivesse para sempre clandestino na vereda do subterrâneo.

Estirou a cara para fora da terra em uma manhã de setembro. Um broto verde clarinho. Depois, flor azul, dessas que nunca se vê em nenhum lugar. Coisa de estrangeiro, terra de contos de fadas. Não era azul cor de céu, de mar tampouco. Era azul da cor da pena das araras que faziam arruaça no pessegueiro. O miolo era bem vermelho. Memória do coração que amanheceu semente.

Três luas, eu tive meu menino. Dormia do lado dele, acariciando as pétalas no devagar do dedo. Um fim de tarde, desmaiou. Pus água, cantei música, chorei lágrimas. Meu menino estava morto. Nem tempo de abelha ciscar teve. Polinizar meu filho na largueza do mundo. Guardei comigo a flor. A tirania do tempo ressecou as pétalas, mas conservou o azul das araras arruaceiras. O corpo do menino para sempre comigo, que nem bicho empalhado. Amor que se solidifica, coagula. Não morre nunca, não apodrece nunca. Flor seca. Morta para viver para sempre. Flor azul.

Viva em Maputo
(Viva no Rio de Janeiro)

Me vendo nos olhos dela
Sei que o que tinha de ser se deu
Porque era ela
Porque era eu"

Chico Buarque

"Eu frentista
Ela gasolineira
Eu preta
Ela preta
Eu favela
Ela caniço
Eu pobre
Ela pobre
Eu ônibus
Ela machimbombo
Eu violada
Ela violada
Eu Rio de Janeiro
Ela Maputo
Eu viva
Ela viva
Eu ela
Ela eu"

A foto eu vi no posto de gasolina. O jornal de um dia que não era o hoje daquele dia, aberto para receber os pingos do diesel que vazava da bomba. A foto dela preta, os pingos pretos de um óleo preto, os olhos dela, que também deviam ser pretos, estavam fechados de uma morte que era para sempre. O vestido era vermelho. Não na foto. Na foto tudo era preto, cinza e branco. Era vermelho. Eu só sabia. Um seio esperneado para fora do rasgo do decote. No seio cinza, um retângulo preto. O seio morto censurado. Da boca meio rachada descia uma baba. A boca estava morta também. No baixo-ventre, no território entre o umbigo e o sexo, um buraco. Um rasgo no vestido vermelho expunha a carne vermelha, o vermelho do sangue, o vermelho da morte que ainda era recente. Não do hoje daquele dia. Do hoje daquela foto. Não se via o vermelho do vestido. Nem do sangue. Nem da morte. Na fotografia tudo era cinza. Como deve ser a morte limpa. Cinza e limpa. Morte de gente velha e caduca em cama de hospital. A morte do jornal era vermelha. E era eu.

Não, eu não estava morta. Viva como toda a gente viva, fazendo bico de frentista no posto do seu Leomar. Velho porco que mantinha na minha bunda os olhos, e às vezes as mãos. A foto estava morta. A foto era eu. A legenda contava: "jovem estuprada e morta em Maputo". E não sabia o que era Maputo. Despreguei o jornal colado no chão pelo grude do diesel e dobrei pequeno, enfiando no sutiã. Nem me importei quando seu Leomar passou raspando o pau na minha barriga. Sempre os caminhos apertados. O pau duro fazendo relevo na calça jeans de cintura alta. A língua mascada no meio dos dentes. As mãos fedendo a cigarro, gasolina, dinheiro e punheta.

Li a notícia no ônibus, trepidando preta e pobre, com toda gente preta e pobre, no trajeto Méier/Morro do Fubá. A notícia não dizia nada. Nada sobre mim e minha morte. Dizia que a morta tinha vinte e seis anos. Eu tinha vinte e seis anos. Que se chamava J. M. L. Eu era Joseli Maria de Lima. Foi estuprada e assassinada no posto de gasolina onde trabalhava. Maputo. Que porra era essa de Maputo?

Em casa, olhei a foto bem de pertinho com a luz do abajur quase encostando no jornal. Era eu. Até a mancha marrom que eu carregava no lábio. Tudo era cinza. A trama dos cabelos, o preto da pele, os olhos dormidos para sempre, a boca, a mancha da boca, os dentes em ordem. Cinza. Mas eu via. O roxo dos lábios, o marrom da mancha, o escuro da pele, a nicotina amarela nos dentes em ordem. Era eu. Acendi um cigarro em pesar da minha morte e em louvor à minha vida. Eu estava morta em Maputo. Onde quer que fosse isso. Um pau gigante havia me arrebentado o ventre, esporreado sementes destinadas à morte no colo do meu útero.

Eu estava morta no instante em que ele gozou? O monstro? Primeiro me abriu a barriga com a lâmina da faca e depois empalou meu corpo morto? Ou gozou no meu útero vivo, jorrou esperma vivo nos meus óvulos vivos, prometendo descendentes da minha miséria? Torceu a faca na minha barriga no momento em que a genética dele se misturava com a minha (preta, pobre, frentista), abortando meu filho quase concebido? Se tivesse me deixado viva, se tivesse deixado vivo o quase filho, eu estaria estuprada para sempre. Estuprada quando o filho dilatasse meu canal da vagina, me esfarrapasse as entranhas, no desespero de nascer. Como se o pai deixasse o estupro dormindo em mim, repousando em minha barriga, para que nove meses depois me violentasse de novo, por meio do filho. De dentro para fora. Eu engordando do estupro e depois estuprada. O pai ensinando ao meu filho, seu filho, ainda no ventre, como se viola, dilacera, rasga, arrebenta. Outro cigarro. E eu olhando a foto. Se isso era o passado, eu deveria estar morta. Deveria estar soterrada em um lugar chamado Maputo, com os buracos da minha barriga e do meu sexo, ambos arrombados, lotados de terra e flor de defunto. Eu estava viva. Se não era passado, eu temia que fosse futuro. Que o destino sacana pudesse estar me designando barriga aberta e sexo transgredido. Se o monstro ainda não tinha me matado e empalado, eu matava e empalava o monstro.

Dia seguinte, o seu Leomar. Todo o dia, o seu Leomar. O pau saliente na calça. As mãos de fumo, de porra, de nota dez. E eu preta. E eu viva. A mancha na boca. A mancha nos dentes. O macacão alagado de suor e gasolina. Pronta para entrar em combustão. Explodir tudo.

Antes que o monstro me arrancasse os intestinos, arrebentasse meu sexo, estourasse minhas tubas uterinas.

E ele veio. O dinheiro, o suor, a gasolina, o gozo, o cigarro. Eu fui. A faca, a boca, os dentes, o sexo íntegro, a barriga fechada. A lâmina da faca atochada no ventre do porco. O porco guinchando, como guincha um porco na vizinhança da morte. O pau amolecendo. Na marra, na faca, na força. Ele morto. Eu viva. No Rio de Janeiro. No diabo de um lugar chamado Maputo. Eu viva para sempre. De mancha na boca e amarelo nos dentes. Viva. Sem filho no útero, sem terra nem flor de defunto. Se eu estava viva, ela não estava morta. Poderia se levantar do sono cinza do jornal e desencardir o sangue do vestido vermelho. Viva em Maputo. Eu era ela. Ela era eu.

Tempo de coração arrebentado

Abriu os olhos sem pressa de descolar as pálpebras. Tanto tempo dormindo na rua e a claridade ainda queimava a vista. Pôs a mão na coxa e pela lona da calça sentiu a ferida do tamanho de uma maçã. Com um movimento rápido, descolou o tecido das bordas do machucado. Uma leve careta denunciando a dor.

Era dia de feira na rua de baixo. Não sentia fome em dia de feira. Sempre havia criança que só comia o recheio do pastel ou um carrinho de grade quebrada, que deixava escapar uma laranja miúda. Depois das três da tarde, recolhia da calçada as frutas recusadas pelos fregueses: mamões de cascas molengas, bananas pretas como piche, uvas de bagos arrebentados.

Passou pela barraca de hortaliças e pegou um ramo de hortelã. A velha que vendia gritou um impropério. Depois que dona Ana foi embora, passaram a tratá-lo com hostilidade. Antes o peixeiro dava-lhe os rabos e as cabeças dos peixes menores. A mocinha das bananas sorria e até a velha das hortaliças murmurava um bom dia.

Dona Ana era a feirante mais velha. Não a com mais tempo de feira, a de mais idade. Seus cabelos de neve e sua voz masculina, alta como um trovão, conferiam-lhe um ar de respeito. Era dela a tenda de tapiocas. Por causa da artrite que lhe comia os joelhos, trabalhava sentada. Despejava a farinha branca na chapa quente e não tirava os olhos até que tomasse forma de renda. Olhava para o freguês e só então perguntava "do que vai ser". Esguichava o leite condensado e vertia uma colher de flocos de coco ou então cobria a massa com uma fatia de presunto e outra de queijo e aguardava a mistura borbulhar.

Era bom vê-la trabalhar. Ela oferecia um banquinho e ele se sentava junto dela, assistindo ao silêncio de sua labuta. Só se dirigia a ele depois das duas da tarde, quando o movimento escasseava. Depois de jogar a farinha na chapa, perguntava se ia ser “o de sempre”. Gostava disso, para todos “o que vai ser”, para ele “o de sempre”. Ele fazia que sim com a cabeça e, minutos depois, ela entregava um prato de alumínio com uma tapioca quente, pingando manteiga. A farinha macia não ofendia seus dentes, fatigados da vida granulosa. Comia em silêncio e agradecia devolvendo o prato. Ela respondia “até semana que vem”.

Até que um dia não houve semana que vem. Ele chegou à feira e no lugar da barraca de tapioca havia um vazio. Laranjas estragadas se amontoavam umas sobre as outras, empesteando o ar com um cheiro doce e podre. Perguntou ao homem da barraca ao lado. Ele deu de ombros, enquanto jogava mais três laranjas na pilha pestilenta. Perguntou de barraca em barraca. Ninguém sabia.

Conhecia pouco sobre ela. Não sabia onde e nem com quem morava. Mas sabia que ela o aguardava todo dia de feira. No dia em que ele machucou a perna, quando a dor cedeu, entristeceu-se ao pensar que não a veria naquela semana. Passou doze dias no hospital. Quando voltou para o lugar onde dormia, o toldo laranja da loja de tecidos, seus vizinhos disseram que uma senhora o havia procurado. Alegrou-se. No hospital tinham lhe dado banho todos os dias. Estava barbeado e o curativo seco e limpo. No dia seguinte haveria feira. Pensou em pedir para a moça da barraca de flores uma rosa. Faltou coragem. Mais para entregar a flor do que para pedir. Dona Ana sorriu quando ele chegou.

— Onde andou, homem?

Gostou da maneira como perguntou, chamando-o de homem. Pensou se algum dia ela imaginou que ele poderia ser o homem dela, não fosse assim tão sem casa, tão sem banho. Temia que ela fosse uma dessas almas caridosas, que sufocava o asco para fazer o bem.

Sete feiras se passaram desde o sumiço dela. A partir de então, cumpria o ritual de ir até o lugar onde ela armava sua tenda. Sentava na guia da calçada, afastando com os pés o lixo acumulado, e ficava até que as barracas começassem a ser desmanchadas.

Naquele dia, quando a feira estava prestes a se findar, uma senhora, sem dizer nenhuma palavra, entregou-lhe um papel: "bairro Morro Amarelo".

Foi até o albergue onde ia quando apertava a necessidade de banho. Pediu roupas limpas à funcionária. Como nunca pedia nada, foi atendido. Perguntou sobre o bairro escrito no papel. Como nunca perguntava nada, a moça respondeu que ficava atrás da Igreja de Santos Reis, do lado de lá da rodovia.

O bairro ficava a quinze quadras de distância. A ferida da perna o impedia de caminhar com destreza. Quando chegou, era quase noite. Perguntou em uma lanchonete se alguém a conhecia. O cheiro de presunto doeu-lhe o estômago. Ali ninguém sabia dela. Perguntou no mercadinho ao lado. Disseram que ali morava alguém que fazia tapiocas. Mas que não se chamava Ana e tampouco era velha. Tinha o cabelo de fogo e o corpo bem feito de moça de vinte anos.

No fim da rua, viu uma senhora costurando na porta de casa. Perguntou. Ela tocou o indicador no ouvido e balançou o dedo, mostrando que não escutava. Bateu com a bengala na porta. De lá saiu uma moça de pernas curtas. Ele explicou por quem procurava. Ela disse que havia sim uma Dona Ana que fazia tapiocas – que, aliás, eram deliciosas –, mas que tinha ouvido dizer que morreu, de ataque do coração ou de doença do fígado ou no rim, não se lembrava. Era tanta doença esquisita, cada um morrendo de um nome diferente, devia todo mundo morrer de nome igual, assim ficava mais fácil de guardar. Perguntou se ele não concordava. Não, não concordava. Fez que sim com a cabeça.

Já era noite alta quando chegou à casinha de muro pintado de uma cor que talvez tivesse sido azul. Bateu duas palmas com energia. Esperou. Mais três. Lá dentro, nenhuma luz. As casas vizinhas também dormindo. Forçou o portãozinho de ferro, que cedeu dando um gemido.

Atrás do portão, um jardim indomado: plantas crescendo emaranhadas, embolando-se umas nas outras, na cumplicidade do abandono. Nenhuma flor.

Tentou abrir a porta da frente. Nada. Foi até os fundos da casa. Um quintal lamacento e uma horta de meia dúzia de alfaces murchos. A porta de trás também trancada. Sabia que aquela era a casa. Não só por haver seguido as indicações da moça de pernas curtas, mas porque sentia o cheiro dela. Impregnado nas plantas indômitas e na lama viscosa do quintal. Cheiro de cebola crua, suor e leite de rosas.

Acostumado a dormir no tempo, deitou ali, no morno da terra quase infértil. Acordou com o sol inflamando-lhe os olhos. Usou as mãos para pentear o cabelo e limpar a roupa e saiu.

Na casa ao lado, uma mulher velha colocava um saco de lixo em cima da mureta. Ele perguntou pela dona Ana. Disse que era um parente vindo de muito longe e que tinha ouvido dizer que ela havia morrido. A senhora confirmou a morte. Disse que fazia mais de um mês, talvez dois. Que o coração dela arrebentou. Que até escutou uns gemidos de madrugada, mas que achou que fossem os gatos de safadeza. Que ela morreu sozinha, afogada no sangue e no pecado, sem a misericórdia de Deus, pois ela sempre dizia que não acreditava em nada que não podia ver.

O homem chorou. O luto tardio pela mulher que amou em silêncio. A raiva que sentiu daquela vizinha que falava da morte dela sem cerimônias.

O choro doído dele devolveu um pouco de humanidade à mulher. Então ela segredou que o filho havia vindo na ocasião da morte. Que pagou o enterro e que foi embora, dizendo que voltaria para vender a casa.

Ele falou que não havia avisado que viria e que por isso não sabia se teria como entrar. Ela se apiedou de suas roupas sujas de terra, dos tufos de pelos brancos brotando das orelhas, da pele áspera das mãos. Viveu ali o esplendor de sua humanidade e contou que a janela da cozinha estava com a grade solta. Para que ele não a achasse mexeriqueira, completou que sabia da janela porque a dona Ana havia perguntado se ela conhecia quem consertasse.

Teve dificuldades em entrar pela janela quebrada. A ferida da perna raspou no ferro da grade, irrompendo sangue novo. Tirou a calça para olhar o ferimento. Uma maçaroca de sangue, pus e fiapos de tecido. Sentiu o peso dos intestinos, que o incomodava desde a manhã anterior. Procurou o banheiro. Sentou-se na privada sentindo-se constrangido. Não sabia se pelo fato de não estar de cócoras, aliviando-se na construção abandonada, ou por se sentir maculando a memória dela.

Gastou um minuto olhando o banheiro. Imaginou ela nua, prestes a entrar no banho. A pele clara, os cabelos de neve livres do coque, descendo até os ombros, os seios cheios, os mamilos cor-de-rosa, o ventre redondo como um tambor. Afastou o pensamento dando um tapa no ar. Não queria mais uma vez profanar a morada dela, aliviando o sexo que já se fazia teso.

Olhou, um a um, cada cômodo da casa. O banheiro de cortinas de plástico com abacaxis desenhados. A poltrona rasgada da sala, a espuma branca pronunciando-se através do tecido, como uma língua grande demais para a boca. A cozinha de panelas engorduradas e garfos de cabos de plástico e pontas tortas. O quarto dela, pobre como o de um monge. Vazio, não fosse a cama de viúva e a mesinha de cabeceira.

A cama estava desfeita, o lençol embolado no travesseiro. Deitou-se. Há anos não se deitava em uma cama. A maciez do colchão incomodou suas costas. Seria ali que ela estrebuchou até morrer? Sentiu dor? Pensou no filho? Se arrependeu de um pecado?

Gostou de ouvir da vizinha que ela não acreditava em Deus. Isso afastava a possibilidade de ela tratá-lo bem por temer o inferno.

Pensou no filho. Ela nunca disse que tinha um filho. Na verdade, nunca disse quase nada. Sabia que ela havia nascido em um sítio e que o pai a surrava com galho de mamona. Que maracujá lhe dava aftas e que quando moça teve vontade de aprender a nadar. Nenhuma palavra sobre o filho. Teria sido casada?

Abriu a gaveta da mesa de cabeceira. Um lápis, uma conta de luz e duas fotografias. Ela moça, sorrindo para a câmera, de turbante na cabeça. Ela velha, abraçada a um rapaz que passava em quatro palmos a cabeça dela. Era o filho. Compartilhavam o mesmo olhar que não sorri. As bocas esticadas para cima, os dentes à mostra e o olhar vitrificado. Tapassem as bocas, pensariam que estavam tristes, chocados talvez. Nunca sorrindo.

Deitou-se de novo, abraçado às duas fotografias. Ela moça, tão linda, tão sua. Ela e o filho, tão sorrindo, tão tristes.

Sentiu-se cansado. A vida saturando as costas domesticadas ao duro do chão. A ferida latejando e babando pus, como uma vida inválida que não cura e nem morre. O coração túrgido, abrigando um amor grande demais para qualquer peito. Por ela, pelo filho, pela casa de móveis pobres e piso rachado. Tão dela, tão sua, tão deles.

Não sabia que o amor doía tanto. Levou a mão ao coração e acarinhou o peito. As palavras calcinadas na garganta pelo decorrer dos anos de penúria e subserviência de repente ganharam vida e se precipitaram a sair, uma a uma, pela boca de dentes estragados. Os impropérios nunca ditos. Os lamentos não externados. A raiva silenciada. Uma cusparada de xingamentos e lamúrias. Um jorro extemporâneo das humilhações colecionadas durante quase cinco décadas de miséria e solidão.

O vômito tardio desencardiu seu peito enodoado de rancor. Restaram ele, segurando as fotografias uma em cada mão, e seu coração intumescido.

Olhou para cima e só então reparou nas grandes manchas de mofo que desenhavam o teto. Dois corações traçados sem capricho pelo mofo faminto de umidade. Dois corações arrebentados.

A epifania do seu destino ali, na cama dela, no embolado dos lençóis e das fotografias. Teve medo de que doesse. Já doía. O coração batia cada vez mais rápido, num galope que chicoteava o peito. Tão rápido que já nem havia intervalo entre as batidas. Uma batida única e eterna, um sino que mesmo repousado não para de ecoar.

Veio a explosão, a dor lancinante, muito além do que ele podia suportar. Olhou para o teto mais uma vez e viu que em algum ponto as partes já arrebentadas dos corações de mofo se encontravam. Serenou.

Ventre alheio

Olhava o mar com a cara branca de pomada. Quase não se viam os olhos, miúdos e acinzentados. Um dia foram marrons, pretos, quem sabe. Agora o véu leitoso da catarata os deixava cinza.

Esfregava no rosto quase meio pote de pasta d'água antes de ir à praia. Dizia que o sol lhe ofendia a pele. Era branca e seria considerada branca não fossem os cabelos tão crespos e se não houvesse passado a vida trabalhando em casa de família. Cuidando de filhos que não tinha parido, lavando privadas fedendo a urina que não esteve guardada em sua bexiga, jogando fora restos de comida, cujo sabor desconhecia por completo. Uma vida dedicada a viver a vida dos outros. Agora tinha dado a pensar nestas coisas. Tinha medo de estar ficando caduca. A mãe morreu caduca e o pai morreu cedo demais para ficar caduco. Lembrou-se que a mãe, no alto da loucura, deu para achar que era peixe, que precisava de água para não sufocar. E ficava horas dentro da caixa d'água, boiando de barriga para cima, vestida de roupa e chinelos. A mãe morreu sem conhecer o mar. Decerto ela também morreria sem ver, não fosse aquela viagem. Foi para cuidar da menina, tão apegada a ela. Os dentinhos fora da boca, o cabelo crespo demais.

— Ô, menina, sai daí, menina, que esse mundaréu de água te pega e ninguém te acha.

A menina corria em direção ao mar, os pezinhos levantando uma nuvenzinha de areia. Chapinhava os pés na água e voltava correndo. Gostava de ouvir a babá gritar "ô, menina, volta aqui, menina".

— Vem, Bá, põe o pé na água pra ver como é quentinha.

— Vou não, que esse negócio de mar não dá confiança na gente.

E a menina ia e voltava. Quando ia, a babá gritava para que voltasse, e quando voltava, convidava a babá para ir com ela.

— Só o pé, Bá, pra ver como que é.

— Ver eu vejo com os olhos que a catarata me deixou. Cada uma, menina! E lá precisa de pé pra ver?

O mar era mesmo bonito. Já tinha visto na televisão. Parecia o rio da fazenda onde o pai era caseiro. Mas umas cem vezes maior. Talvez mil.

A mãe da menina apareceu na porta da casa. A casa era bem pertinho da praia. O quintal acabava na areia.

— Bá, traz ela para almoçar.

Entraram as duas. Ela carregando a menina no colo. O corpo magro cambaleando um pouco com o peso da menina e a instabilidade da areia.

— Uma menina marmanja dessas precisando de colo pra andar.

Dizia isso toda vez que a menina pedia colo. Carregou a mãe dela e agora carregava ela. O ventre sempre seco de filho nenhum e os braços cheios de filhos dos outros.

— Bá, esquenta a sopinha dela. Dá um bainho pra tirar a areia.

A mãe continuava a chamá-la de Bá, como quando tinha a idade da filha. Cuidou dela até que ficasse mocinha. Saiu da casa antes de a menina completar treze anos. Disseram que com a menina grande não precisavam mais de babá.

Foi para a casa de outra família, cuidar de outros filhos. Lá, a surpreenderam agarrada ao jardineiro atrás da cerca viva e a mandaram embora.

Foi morar com uma tia. Porque não tinha onde ficar e porque a tia precisava de cuidados. Cuidou dela por sete anos, dando banho e sopa na boca, fazendo com ela o que fazia com as crianças. Quando a tia morreu, continuou na casa. Um quarto tingido de mofo, uma cozinha escura, com meia dúzia de panelas de latão, e um banheiro cheirando a urina velha.

Foi lá que a mãe da menina a encontrou. Comendo arroz na panela, olhando para a televisão ligada sem prestar atenção ao noticiário que dizia: uma greve de professores, a morte de um bebê, o casamento de uma artista.

— Bá, que bom que te encontrei, Bá.

Nem precisava de olhos para saber que era ela. Nem mesmo de ouvidos. Conhecia-a pelo cheiro, assim como conhecia pelo cheiro qualquer criança de quem tivesse cuidado. Aquela cheirava a maisena e amaciante de roupas. O cheiro do primeiro mês de vida era o que ficava impregnado para sempre no corpo de cada um.

— Estou aqui, escondida da morte.

— Bá, tão sozinha, nesse casebre mofado. Em casa tanta comida indo para o lixo e você comendo arroz frio, sem nem prato.

Aceitou ir com ela cuidar da bebê que ela tido acabado de parir. Gostava do casebre e do arroz frio. Gostava ainda mais da solidão. Mas teve pena da menina agora crescida, que continuava a cheirar a maisena e amaciante de roupas. Teve pena do seu desespero ao dizer "Bá, não sei cuidar dela, é tão pequena". Os botões da blusa esgarçados pelo volume dos seios, duas rodelas de leite vazado, uma em cada peito.

Voltaram da praia na terça-feira de carnaval. Bá se apressou em desfazer a mala da menina e lavar os brinquedinhos sujos de areia.

Terminava de esfregar o último baldinho cor-de-rosa, fedendo a caramujo podre, quando ouviu a voz da mãe da menina.

— Bá, sou tão grata por tudo o que você fez por mim e por minha filha.

Não precisou se virar para saber que ela estava ligeiramente estrábica. Sempre ficava um pouco vesga quando falava de algo penoso. Por isso, sabia que não iria gostar do que ela diria a seguir.

— É que você já está idosa, Bá, precisa descansar.

— Sou velha, um trapo de gente. Se não me quer aqui, junto meus trens e vou embora.

— Não, Bá, não é isso. Quero que você descanse. Uma casa de repouso, quem sabe? Um lugar arejado, com flores e comida boa.

Não esperou que ela terminasse a oferta. Entrou em seu quartinho e juntou suas coisas em duas malas de lona. A mãe não a impediu. Perguntou se ela ia voltar para a casa da tia e disse que mandaria comida e dinheiro. Bá não olhou para ela. Sabia que a visão do olhar estrábico faria doer o seu coração.

A menina brincava no quarto com uma bonequinha com a cara de louça, a quem deu o nome de Bárbara, para poder chamar de Bá.

— Menina, a Bá vai embora. Obedece a mãe, hein?

— Bá, ocê volta?

A mãe falou antes que Bá respondesse.

— Você, você, já falei mil vezes que não se fala ocê, filha — a intervenção da mãe fez com que a menina retornasse à fantasia da boneca que bebia uma minúscula xícara de chá e dizia "mais açúcar, por favor, senhorita".

Entrou na casa velha da tia esperando a decrepitude. Mesmo assim se espantou com a escuridão das paredes do quarto, comidas pelo mofo, com o odor ácido do banheiro, com as baratas que tomaram a cozinha, fazendo de ninho as panelas de latão, andando pela casa sem nenhuma cerimônia, como se ela, Bá, tivesse a obrigação de cuidar também daquelas crias que não eram suas. Como se todas as crias do mundo, saídas de ventres abjetos e santos, fossem de sua responsabilidade. Multipliquem-se, forniquem à vontade. Nas ruas, nas casas, nas panelas de latão, que dos filhos eu cuido, dos filhos eu tenho que cuidar.

Vida miserável, de útero infértil e seios esturricados. Ninando bebês que não eram seus, que nunca seriam seus. Um arremedo de mãe, um simulacro de maternidade.

Abriu a torneira, enchendo de água uma das panelas velhas. Os ovinhos brancos boiaram. Com a ponta do dedo pegou três ou quatro. Com a unha do indicador estourou um a um. No último deles uma baratinha minúscula balançou os pezinhos antes de morrer.

Por sorte havia sobrado um pouco de arroz no pote. Sentia fome. Tirou os carunchos e colocou o arroz para cozinhar. Colocou o arroz cozido na geladeira, para que não tivesse o luxo de comê-lo quente.

Ligou a televisão e olhou sem ouvir o noticiário que dizia: uma greve de professores, a morte de um bebê, o casamento de uma artista.

A filha de Teresa

Conferiu os dedinhos dos pés e das mãos. Não porque desconfiasse de alguma falta. Ouviu dizer que era o que faziam as boas mães. Vinte.

Quando devolveram a bebê, ela já estava recolhida na cela. Entregaram também uma sacola com três fraldas, um macacão cinza e uma manta de lã. Era sua primeira filha. Nem sabia que nome botar, tinha certeza de que nasceria morta. Os meninos estavam ajeitados em famílias que não eram suas. Vivendo vida de luxo, talvez. Foram contar a Teresa dos meninos. Gente com cara grave de quem vai dar má notícia. Disseram que os filhos não eram mais dela, que o juiz mandou que fossem criados por outras famílias, cada um em uma.

Quando foi presa pela primeira vez, os meninos estavam com ela. O filho mais novo grudado na perna, as unhinhas cravadas no pano da saia, o policial arrancando, o maior dizendo que não levasse a mãe. Da segunda vez estava sozinha, a menina na barriga.

Pensou em chamá-la de Joana, o nome da sua mãe. Depois, achou melhor que fosse nome de santa, para que ela não fosse presa, não perdesse filho e não fosse pobre. Pensou que se chamasse Maria, talvez até fosse rica e não tivesse filho nenhum. Seria Maria.

A barriga doía. Disseram que o bebê não desceu, que teriam que empurrar. Não disseram para ela, para ela não disseram nada. Uma enfermeira falou para a outra. Teresa com as mãos algemadas na grade da cama, os braços abertos em forma de cruz, as pernas escancaradas, os pés amarrados nos ferros. Calaram os braços e as pernas. Sobrou a boca. Gritou o bebê talhando suas entranhas, a enfermeira subindo em seu peito, quase partindo suas costelas, o guarda dizendo para ela calar a boca, que cadela não gritava para parir. Gritou porque era a boca que restava.

Uma menina. Preta como piche. Mais preta que ela. Praga do destino, nascer mulher e preta. Não bastasse, nasceu presa. Essa ela tinha que criar. Os meninos eram mais clarinhos. O mais novo tinha até um olho meio esverdeado, um marrom quase verde. A menina, escura feito carvão, era ela ou a rua. Família nenhuma queria criança preta para fazer de filho. Achavam bonito nas fotos. As crianças da África, as mães pretas dando o peito preto para os filhos pretos. Lá na lonjura da África.

A bebê abriu os olhos. Teresa puxou o seio para fora e deu na boca da menina. Maria sugou com força. Com os meninos desistiu de dar o peito porque rachou. Dessa vez, resistiria. Temia que tirassem a filha, caso ela não pudesse dar de mamar.

Teresa pensou que não seria capaz de amar a filha. Que os anos de sofrimento tinham aleijado seu coração. Mas o cheiro de sabonete da cabeça da filha fez Teresa se lembrar da mãe, que morreu quando ela tinha três anos, de uma veia que explodiu no cérebro. Pai não teve nunca. Quando a mãe morreu, sobraram Teresa e as duas irmãs. A avó ficou com elas até que fossem mocinhas. Mas era de natureza ruim, batia nas meninas por qualquer bobagem: uma comida que queimasse, um chão mal esfregado, uma brincadeira alegre. Bastava escutar uma risada que já se alvoroçava. As irmãs se acostumaram a brincar no silêncio, como se fossem mudas. Nos dias em que as meninas não davam motivo para surra nenhuma, acertavam o sal da comida, não riam, desencardiam a privada com água sanitária, a avó achava um jeito de maltratar. Na desculpa de catar piolhos, arrancava tufos de cabelos, e na justificativa da higiene, esfregava os pés com pedra pomes até que as solas sangrassem.

Teresa não se lembrava da mãe, mas a imaginava boa, sem a ruindade da avó, acarinhando a cabeça das crianças, com o cheiro bom de sabonete que agora reconhecia na filha. A lembrança inventada da mãe despertou em Teresa o amor pela menina. Não um amor robusto. Mas o amor ralo de quem nunca acreditou no amor.

Um dia, os homens de gravata com cara de quem vai noticiar coisa ruim voltaram. Perguntaram se ela tinha a quem entregar a criança quando desmamasse, mãe, uma irmã, uma prima distante, talvez. Respondeu que não, ninguém. Não disse nada sobre a avó.

Disseram que iam pedir para que ela ficasse com a criança até ser libertada, mas que talvez perdesse a bebê, não era possível garantir. Desesperou-se. Para aqueles homens de terno, tão homens, tão livres, tão brancos, disse que por misericórdia a deixassem ficar com a filha, que era tudo o que tinha no mundo, sangue dela, carne dela, amor dela.

Maria ficava mais preta a cada dia e Teresa a amava mais, cada vez mais. Beijava os pezinhos e as mãozinhas, fazia cócegas na barriga e conversava com ela na linguagem de bebês. Ninava cantando músicas inventadas, de mães cuidando de seus bebês para sempre, protegendo do mundo tão cheio de ruindade e sofrimento.

Quando os homens de gravata voltaram, Maria já comia feijãozinho amassado. Teresa gritou que ninguém lhe tiraria a menina, que a deixassem em paz, presa para sempre, mas não tirassem a menina dela. Pediram calma, que estava tudo bem, que iria ficar tudo bem. Disseram que ela iria embora com a menina. Perguntaram se tinha onde ficar. Não tinha onde dormir aquela noite. Respondeu que sim.

Cobriu a filha com a mantinha e acompanhou o guarda. O barulho do portão de ferro destrancando despertou Maria.

Na rua, o vento frio anunciava junho. Teresa apertou a filha no peito e, com os lábios colados em sua orelhinha, segredou:

— Não precisa ter medo. Você tem mãe.

Geni

"Vai com ele, vai, Geni!
Vai com ele, vai, Geni!
Você pode nos salvar
Você vai nos redimir
Você dá pra qualquer um
Bendita Geni!"

Chico Buarque

Não nasceu puta. Puta mesmo só aos dezesseis anos, quando aceitou a nota de dez da mão do homem cujo pênis havia sugado. Não fazia sexo por dinheiro. Por prazer, tampouco. Fazia por pena. De cada homem cheirando a suor amanhecido, de cada mulher de barriga flácida, de cada velho com gosto de armário fechado. Seu nome era Geni.

A casinha onde morava era a última depois da ponte. A casa da puta. Quase toda a cidade já havia visitado a casa da puta. Uns buscavam só um afago de cabeça, fechavam os olhos e pensavam na mãe que não tinham tido. A maioria buscava um instante de gozo. Geni abria as pernas e deixava que o visitante se refestelasse. Em dia de muito movimento, nem vestia a calcinha, andava pela casa com uma canga amarrada na cintura. Era só a visita levantar a canga. Velhos, moços, jovenzinhos sem penugem no braço. Também mulheres. Chegavam tímidas, com a desculpa de um copo de açúcar que faltou para o bolo. Geni entendia a urgência de seus corações e as beijava a boca cariada, o ventre mole, o sexo azedo.

Em troca, recebia uma nota de dez, de vinte, uma promessa de um dinheiro, quem sabe semana que vem ou na outra, dia cinco, no próximo mês cai um dinheiro. Às vezes ganhava um saco de mexericas, uma fornada de broa de milho, uma garrafa de licor açucarado de murici. Recebia também uma infinidade de quinquilharias. Não se desfazia de nada. Uma manta verde de lã, uma cadeira de balanço de pé rachado, um vaso de louça branca com uma flor vermelha pintada, um bonequinho de madeira segurando uma plaquinha: "estive na Paraíba e me lembrei de você".

Geni não tinha mais que quarenta anos. Trinta e oito, trinta e nove, no máximo quarenta. Não tinha carteira de identidade e nem certidão de nascimento, de modo que nem mesmo ela sabia ao certo quantos anos tinha e nem o dia exato de seu aniversário. Sabia que tinha nascido em dezembro. Achava bonito comungar o mês de nascimento com Jesus Cristo, por isso jejuava em dezembro. Não adiantava bater na porta, podia ser a urgência que fosse: um caso de impotência do marido, que a mulher pedia para curar, uma jovem virgem querendo experimentar o amor sem ser violada, uma viúva com solidão no baixo-ventre. Em dezembro não, volta em janeiro, em janeiro posso ajudar, desculpa, dezembro não faço pecado.

Geni passava o mês inteiro de calças compridas. Não por pudor, mas para saborear o fato de não ter que se despir no meio do dia.

Pouco saía de casa em dezembro. Ia até o quintal estender a roupa e ao mercadinho comprar ovo, sabão, sal. Nunca foi tão feliz quanto nesses dezembros de solidão e calças compridas.

Era dezembro e Geni estava guardada em casa de joelhos suados quando escutou as palmas. Há muitos dezembros ninguém batia na sua porta.

Em pé, no jardim sem flores, o padeiro esperava com as mãos em prece.

— É uma emergência, Geni, urgência grave. Um homem, desses ricos, de pasta de couro e anel de pedra no dedo. Chegou de avião. Disse que veio te ver, soube da sua habilidade nas matérias do amor.

— Ele que espere janeiro.

— Não, Geni. A urgência é essa. Ele não pode esperar, tem negócios na cidade dele. É homem importante, desses que não esperam.

— Então que vá embora.

— Um instante apenas, não te custa, Geni. Ele prometeu dar dinheiro para reformar a praça. Um coreto para as crianças brincarem, uma rodinha de girar. Vai ser rápido. Uns minutinhos só.

— Em dezembro não tem pecado. No resto do ano vocês fiquem com meu corpo, dividam entre vocês, comam a carcaça. Dezembro não. Dezembro só Nosso Senhor Jesus Cristo.

O padeiro foi embora diante da rigidez de Geni. Não sem antes blasfemar.

— Você é uma puta caprichosa, Geni. Onde já se viu, uma puta metida a santa? Acha que um mês de pureza vai te salvar de queimar no fogo do inferno?

Geni trancou a porta sabendo que viriam outros, que viria a cidade inteira.

De fato, vieram. *Geni, nossa santa salvadora, nos salve. Geni, não te custa. É só fechar os olhos que num instante acaba. Ele prometeu ainda mais,* disse que *reforma o hospital, dá uma reforçada na ponte que está pra ruir, não te custa nada.*

Diante do silêncio resistente da moradora de calças compridas, os pedidos deram lugar às ofensas. S*e coloque no seu lugar, Geni. Puta não tem vontade. Abra as pernas de uma vez, mulher. Seja a puta que você é todo dia por um dia só.* Gritavam as crianças e as velhas que faziam tricô nas portas das casas nos fins de tarde. E também os homens e as mulheres.

Depois, nenhuma frase, só palavras: puta, vagabunda, piranha. E pedras. A casa foi bombardeada por uma chuvarada de pedras. Grandes e pequenas. Atiradas pelas mãos de crianças de dente de leite, de velhos que mal sustentavam a magreza das pernas. Do padeiro, do dono do mercadinho, dos trabalhadores da fábrica, do prefeito e do padre. De mães recém-paridas, de grávidas e de mulheres segurando os filhos no colo. A porta de madeira brandia a cada pedrada. Atrás da porta trancada a chave, Geni fazia o sinal da cruz e rezava baixinho o pai-nosso, olhando o quadro de Jesus Cristo no canto da sala.

A saraivada de pedras durou até escurecer. Até que cessou. Sentada no sofá, com as mãos segurando as calças com firmeza, Geni ouvia os cochichos das gentes lá fora.

Fez-se um barulho extraordinário, como se a maior pedra do mundo tivesse sido lançada contra a casa.

Duas, três vezes e a porta estava no chão.

Os homens entraram na frente, os mais fortes, carregando nos braços inchados a tora que derrubou a porta. Em seguida entraram os homens fracos, as mulheres de toda sorte e as crianças. No fim da fila, por ordem inversa de importância, vieram as autoridades, o padre, o banqueiro, o prefeito e o delegado. E até mesmo eles abriram caminho para o visitante ilustre: um homem gordo, de terno preto e anel de rubi no dedo pequeno. Cheirava a dinheiro suado e a brilhantina.

Toda a cidade na sala de Geni.

Ela resistiu. Prendeu os polegares no passa-cinto das calças e rezou o pai-nosso. O padre repreendeu: em boca de puta não tem valia.

Seguraram-lhe os braços e as pernas. Com um puxão, tiraram as calças que lhe guardavam as pernas em dezembro. Os joelhos suados como nunca. Arrancaram-lhe a calcinha e por um instante a sala silenciou, admirando o sexo aberto como um hibisco vermelho.

Depois veio o homem. Não se deu ao trabalho de se despir. Arriou as calças até os joelhos e trabalhou ofegante por alguns poucos minutos.

Foi o primeiro a sair. Atrás dele a procissão de moradores. Ao todo, vinte e oito homens fortes, dezessete fracos, trinta e uma mulheres e vinte e duas crianças, incluindo um bebê mamando na mãe. Também um banqueiro, um prefeito, um padre e um delegado.

Quando ficou sozinha, Geni não tinha porta para fechar. Sentou-se no sofá e olhou para Jesus no canto da sala. O aniversário dela tinha sido em algum dia de dezembro. O dele seria em poucas horas. Era quase Natal.

Olhos executados

Quase ninguém se lembrava de como começou. Talvez porque não teve isso dos cientistas explicando na televisão, o governo aproveitando pra fazer campanha. O que disseram depois é que descobriram o ácido meio sem querer. Um projeto de cura de demência, Parkinson, qualquer coisa assim. Injetaram nos ratos dementes (deviam ser cachorros, mas não pegava bem falar cachorros, então inventaram ratos) e perceberam o efeito. O remédio testado não curava a demência, mas de certa forma provocava uma. Não a demência que debilita, amolece os braços e as pernas. O ácido não entorpecia o corpo e nem o cérebro. Mas sim a alma. As bocas dos ratinhos (ou cachorrinhos) paralisavam imediatamente.

Os rabinhos (quase certeza que eram cachorros) ficavam moles e já não abanavam. Mas o que mais impressionava eram os olhos. Os olhos eram vivos, mas sem vida. Mortos, sem estarem mortos. O fato é que durante muitos anos o ácido ficou lá, descoberto e encoberto. Ninguém batizou de nome nenhum. Os cachorros continuaram com a alma morta e o corpo vivo. Viveram o tempo que deveriam viver e morreram de outras coisas, de outros experimentos, tumores nos intestinos, doenças do fígado.

Até que mandaram pro laboratório uma cobaia nova. Não era um rato, um cachorro, um porquinho-da-índia. Era um homem. Trinta e dois anos. Tinha matado a família. A mulher, uma filha de onze e um bebê de um. Por conta da monstruosidade do ato, disseram que ele era doente mental. É mais fácil acreditar que a loucura explica a barbárie. As pessoas gostam de explicações que as deixem dormir. Se acreditarem que a maldade está na loucura, dormem o sono pesado dos sãos, confiando que são bons, que serão sempre bons.

O homem chegou engaiolado, feito fera da África. Era uma época em que se matava muito, sabe? Não o povo nas ruas.

Esses matavam também, como matam até hoje. Mas eu estou falando do governo, quem matava muito era o governo. Não lembra aquele caso do velhinho que estuprou e assassinou a neta de oito anos? Não lembra? Pois é, foi o último a ser morto pelo Estado. Chacoalhou na cadeira elétrica até o corpo estralar. Foi aí que o pessoal dos direitos humanos começou a pegar pesado, era todo dia manifestação em frente ao lugar das execuções. Aquele prédio da polícia que virou museu, sabe? Museu da Memória da Barbárie. Uma palhaçada. Mal imaginava esse pessoal que a barbárie começou foi depois.

O velho safado foi o último a fritar na cadeira elétrica. Depois disso ficou insustentável. O governo não matava mais, só prendia. Construíram até uma prisão especial pra esses casos, abrigar esses presos que seriam mortos, não fosse a pressão dos direitos humanos. Desses presídios que ninguém sai, ninguém toma sol, ninguém vê ninguém. Fica cada um numa cela, sem televisão, jornal, nada. Isso dá um gasto absurdo pro Estado, sabia? Uma cela pra cada um, quase um guarda pra cada um. E os caras enlouqueciam. Ouvi dizer de muito preso que arrebentou a cabeça de tanto bater na parede. Imagina a fissura que o cara tá pra bater a cabeça até o crânio rachar?

Pois bem, o governo não estava satisfeito com a nova solução. E os direitos humanos continuavam a pressionar, queriam ver os presos, conversar com eles, trazer psicólogo pra fazer consulta. Foi aí que tiveram a ideia do cobaia. Fazia um tempo que o governo queria que a ciência desse um jeito de resolver essa questão desses criminosos. Esses que matam pai, mãe, criança.

Então chegou o sujeito que matou a família inteira e eles estavam sem cela. Iam ter que colocar com outro e aí era morte certa, um matava, o outro morria. Daí tiveram a ideia de mandar o cara pro laboratório dentro de uma jaula, que nem bicho.

Os cientistas não queriam receber, ameaçaram greve e tudo. Mas o governo falou que ia cortar a verba, aí não teve jeito, acabaram aceitando.

Durante uns dez dias a jaula ficou lá no laboratório. De vez em quando jogavam um cacho de bananas ou um saco de biscoito. De resto, deixavam a gaiola coberta com um pano escuro. Bom, depois de dez dias o cheiro era insuportável. Uma fedentina que só. Chegava a arder. Todo mundo usando máscara, quem trabalhava por lá nessa época diz sentir o cheiro até hoje.

Quando eu cheguei pra assistir o experimento, o cheiro ainda estava lá. Tinham lavado a jaula, limpado o cara com água sanitária, mas a catinga continuava: merda, urina e suor.

Não sei qual dos cientistas teve a ideia de usar o ácido que matou a alma dos cachorros (ratos, na versão oficial). Me chamaram pra assistir na última hora. O grupo dos convidados já estava completo, mas teve uma desistência. Um dos agentes perdeu a mãe naquela manhã.

Estava todo mundo lá. O governador, um monte de secretário, o pessoal da justiça, nós da polícia e até uns dois ou três ranhetas dos direitos humanos. O preso estava barbeado, vestido de camisa de colarinho e calça. Os pés e as mãos algemados e ele estava amarrado com duas correntes numa cadeira de concreto.

Pois bem, depois do blá blá blá dos discursos todos, o futuro da humanidade, a ciência de mãos dadas com a justiça e tal, fizeram o serviço. A injeção era grande, parecia alguma coisa que se daria pra gado, sabe? A agulha lembrava um fio de alta tensão. O cara tava desesperado. Não falava nada. Não tinha mordaça na boca, mas não falava nada. O desespero estava no olhar. Os olhos movimentando assim bem rápidos, prum lado e pro outro. Mandaram ele abaixar a cabeça e ele só obedeceu quando um dos cientistas empurrou de leve seu pescoço. Daí a gente não via mais os olhos, mas eu sabia que estavam lá, detrás da nuca. Um outro cientista pediu que ele ficasse imóvel e aplicou a injeção. Bem no fim do pescoço, onde começam as costas. Depois que tiraram a agulha, o homem ficou meio desmaiado. O corpo frouxo pra frente, a cabeça pendendo. Acho que durou uns quarenta segundos, um minuto no máximo. Pareceu mais. Os cientistas estavam apreensivos, tiveram medo de terem matado o cara. Mas daí ele levantou a cabeça. Estava de olhos fechados, e quando abriu, todo mundo gemeu, gritou ou falou "ahhh". Vou te dizer, eu mesmo, que não sou de frescura, não consegui segurar o grito. Vi muito policial valentão passando mal nesse dia. A cara do governador não consegui ver, ele estava na primeira fileira, eu só via a careca. Depois soube que ele foi um dos que gritou. Quando o sujeito abriu os olhos, era como se não tivesse alma. Deve ser isso que os cientistas viram nos olhos dos cachorros. Os olhos estavam vazios. Completamente. Então os cientistas explicaram que ele poderia levar uma vida normal, praticamente normal, foi a expressão que usaram. Poderia comer, dormir, ir pra onde quisesse, voltar a viver com a família. Não aquele cara, porque aquele tinha dado cabo na família toda. O que os cientistas não disseram na hora era que aquele sujeito não seria capaz de amar. Também não sentiria raiva nem tristeza. Dor, só se fosse física. Se topasse o pé na beirada da cama, sentiria o dedão latejar. Se fosse humilhado, traído, xingado, não sentiria nada. Tudo o que aquele homem iria sentir, daquele dia em diante, era fome, frio, vontade de mijar e de cagar. O resto era nada. Nunca mais faria mal a ninguém. Também não faria bem. Na hora tive pena. Até estranhei, sabe? Pena de um cara que fez o que fez. Um bebê de um ano? Filho dele. O bebê era uma maçaroca só. No rosto, normal: olhinhos, a boquinha, duas orelhas. Do pescoço pra baixo era uma massa, a barriga aberta, as vísceras reviradas pra fora, que nem quando cachorro fuça lixo. Estou te dizendo porque vi foto, estava no processo. Um amigo da perícia me mostrou. Não dava pra sentir pena de um sujeito daqueles. Só essa gente dos direitos humanos pra ter estômago. Mas eu senti, não posso negar. Negar pra quê? Agora estou velho, meu tempo de mentira acabou. Todo mundo tem um, sabia? Um tempo de mentira. Eu tive o meu.

Fiquei com o cara na cabeça, sei lá por quê. Nunca fui um sujeito de remorso e eu nem tinha feito nada. Nem quando matei o filho do quitandeiro, achando que era um traficante procurado, senti aquilo. Na época fiquei culpado, claro. Não tenho coração de gesso. O menino tinha quinze anos. Era trabalhador, ajudava o pai na quitanda. Depois eu me lembrei dele, empilhando melão. Ninguém nunca soube que foi a polícia. Fiquei sem dormir uns dez dias depois daquilo. A imagem do menino empilhando melão e depois morto, com o peito furado de bala. Só consegui voltar a dormir com remédio. Essas bolas que derrubam cavalo. Tive até que fazer umas consultas com um psicólogo da polícia.

Com o cara da injeção foi pior. Eu senti um remorso maior ainda e nem tinha feito nada. Não inventei o ácido, não dei ideia da cobaia, não apertei a seringa, nada ali teve a minha mão.

Tudo me lembrava o cara, aqueles olhos. Comia a feijoada do bar do Zezito e pensava se ele conseguiria saborear a comida ou se sentia só saciedade. E sexo? Naquela época eu saía com Marisa. A moreninha de cabelo loiro, lembra dela? Cada vez que eu montava na Marisa, pensava no sujeito. Se o ácido fez ele ficar brocha. Eu mesmo brochei umas duas ou três vezes pensando nisso. Não tenho vergonha de dizer, não. A verdade é que eu não conseguia fazer mais nada sem lembrar do cara. Pensei em procurar de novo o psicólogo da polícia, mas acabei desistindo. Tive medo dele pensar que eu estava virando bicha.

Soube que eles continuavam a aplicar as injeções. Conversei com um contato que tinha no alto escalão da polícia e pedi que me colocassem fixo lá. Não era um posto cobiçado, porque chegava a dar sono de tão entediante. Levar o criminoso pro prédio da polícia, esperar a enfermeira aplicar a injeção (sim, cientista aplicando a injeção só da primeira vez, depois era enfermeira mesmo), abrir as algemas, deixar o cara que tinha virado zumbi ir embora. Eu queria entender minha culpa. Esquecer aqueles olhos.

Passei sete meses na função. Assisti a vinte e nove aplicações de injeções: vinte e sete homens e duas mulheres. Todos eles — homens e mulheres, pretos e brancos — levantaram da cadeira com o olhar oco. Se eu me abalei com aquilo? Nada. Nenhuma daquelas pessoas ficou perseguindo meu pensamento. Nenhuma.

Saí do departamento de aplicação de injeção e voltei pro meu posto. Quem sabe o retorno pras ruas me distraísse da obsessão? O dia inteiro atrás de bandido, atirando pra tudo quanto é lado, entrando em viela imunda, metendo o pé em porta de barraco, e quando eu chegava em casa, ainda pensava no homem.

Não importa o que eu fizesse, o quanto eu bebesse, os olhos sempre voltavam.

Decidi pedir uns dias, não tirava férias fazia uns cinco anos. Passei duas semanas num apartamento de um amigo na Praia Grande, com meia dúzia de garrafas de uísque. Era junho e fazia um frio desgraçado naquele lugar. Foi um inferno. Dormia de dia e bebia a noite inteira, sem deixar de pensar nem um segundo na criatura que matou o bebê.

Voltei de viagem decidido a procurar o cara. Conversar com ele, tentar entender por que a visão daqueles olhos tinha causado aquele estrago.

Não foi difícil achar ele, continuava morando no abrigo do Estado, aquele antigo que existe até hoje, perto da estação de trem. Arrumaram um emprego pra ele numa fábrica de autopeças. Esses caras que recebem as injeções viram excelentes trabalhadores. Produtividade máxima e nenhuma reclamação. Trabalham feito bicho, das sete às sete, comem qualquer coisa, pode até dar comida estragada que não reclamam.

Cheguei no abrigo oito e meia da noite. Imaginei que o cara já devia ter chegado do trabalho, tomado banho e jantado. Mostrei meu distintivo na recepção. Impressionante a força de um distintivo, você mostra e todo mundo treme. O medo de polícia é ancestral, se você não deve nada, algum antepassado seu já deveu e te ensinou que polícia é pra ser temida. Isso é bom, ajuda na manutenção da ordem.

Falei lá na recepção que procurava por Carlos Roberto dos Santos Matoso, esse era o nome do monstro. Me levaram até uma salinha, o cara lá sentado, a televisão ligada num volume absurdo. Chamei pelo nome, mas ele não reagiu. Tive que colocar a mão no ombro dele para que ele olhasse para mim. Daí falei que precisava conversar, perguntei se ele poderia me acompanhar. Ele não falou nada. Continuou sentado lá, imóvel, me olhando sem entender. O cara que me tirou a paz era um retardado. Fiz um gesto com a mão, indicando pra ele se levantar.

Saímos do abrigo e seguimos até uma padaria do centro. Perguntei se ele bebia e ele levantou os ombros. Que sujeito que não sabe se bebe ou não? Pedi uma cerveja e dois copos. Ele bebeu segurando o copo com a pontinha dos dedos, como se estivesse quente. Perguntei se ele se lembrava do passado, da família. Ele fez um movimento com a cabeça que eu não pude identificar se era sim ou não.

Já fazia uma hora que a gente estava lá e ele não tinha dito nenhuma palavra. Eu também não tinha falado muita coisa. Só essas perguntas sobre alguma lembrança, a rotina dele no abrigo, o trabalho. Todas as perguntas ele respondeu sem falar, fazendo movimentos com a cabeça que ora pareciam sim, ora não. Te confesso que estava achando o cara um porre. Retardado mesmo. Achei até que tinha me curado. Já estava pensando em pedir a conta e ir embora. Levar o cara de volta pro abrigo, seguir pra minha casa, tomar uma ducha fria, quem sabe ligava pra Marisa? Aquela noite eu não falhava. Estava com tanta raiva, que ou eu me aliviava na Marisa, ou saía na rua pra dar uns tiros pro alto, ver mendigo pulando debaixo das cobertas fedorentas, as prostitutas ganindo igual lobo do mato. Madrugada na rua só tem vagabundo. De noite, quem presta tá em casa, com a porta bem trancada.

Estava quase me levantando quando pensei no bebê. Devia ter ido embora, mas pensei na porra do bebê. Perguntei se ele se lembrava do filho, o nome era Jonathan. Foi só falar o nome do bebê e os olhos dele ganharam uma cor assim de leite, como se fosse um código. Daí ele começou a falar. Falou umas coisas estranhas sobre anjos, uma história sobre um cachorro que comeu uma criança. Ele falava dos intestinos, que o cachorro abriu a barriga da criança com a boca e depois foi puxando o intestino devagar pra não arrebentar. Falava com uma voz que parecia há muito tempo guardada, uma voz que fazia anos que não dizia nada.

A conversa já estava me enojando, porque o cara falava sem parar. Era melhor quando estava mudo. Ele falava e falava. E tudo o que eu queria naquele momento era que ele calasse a boca de novo, que parasse com essa história de intestino que arrebentou no finalzinho, quando o cachorro puxava a última tira, o ar empesteado com o cheiro de merda da criança que nem morta estava, que chorava com a barriga aberta sem intestino. A padaria estava quase vazia, já passava das onze, segunda-feira chuvosa. Mas quem estava lá olhava com espanto, medo e nojo. Puxei o sujeito pelo braço e levei pra fora. Deixei uma nota de cinquenta no balcão, muito mais do que as três cervejas (que era pro chapeiro ficar de bico calado).

Ali na rua, o cara não parou. E agora gritava. Pedia misericórdia, que Deus perdoasse o cachorro que abriu a barriga da criança e puxou os intestinos sem conseguir que não arrebentassem. Falava que a criança chorou até morrer, dois dias depois, com a barriga aberta, cheia de moscas azuis. E o cara não se contentava em gritar, queria ficar mais perto de mim, me falar no ouvido, me contar do cheiro podre da tripa arrebentada.

Saquei a arma. Quando ele viu que eu ia atirar, sorriu. A arma vacilou na minha mão. Ele disse: coragem. Dei um tiro em cada olho. Explodi aqueles olhos enfeitiçados.

Se eu guardo arrependimento? Foi o preço da minha paz.

O rio que fervia

A vida da gente era lavoura e reza. Às quatro da manhã, salvo por motivo de doença grave, a gente já estava de cara lavada e a roupa de todo dia vestida no corpo. A oração sem pressa, os joelhos no chão de terra e os olhos fechados. Só depois é que a gente comia. Guisado de fubá e um gole de café. Daí em diante era lida até o sol alto: esburacar a terra, guardar as sementes, apanhar as laranjas maduras, moer a cana, socar a farinha no pilão.

Quando o sol subia o pico da fervura do meio dia, era que a gente parava pra comer. Ninguém voltava pra casa. A gente comia ali, agachado, o que a mãe botava nas marmitas de alumínio, um punhado de arroz com caldo ralo de feijão, um naco de polenta.

A comida ainda estava no escorregador da garganta quando a gente voltava a trabalhar. O pai não deixava que a gente descansasse.

No final do dia, mesmo sem parar de malhar a enxada na terra seca, dava pra ver a beleza do sol derretendo, o chão engolindo o resto do brilho laranja. Aquela hora, parecia que nem existia o pai, a mãe, as irmãs todas, o roçado, a pobreza da nossa casa, a lavoura que não vingava. E eu tinha vontade de chorar e sentia tanta culpa. Do que é que eu tinha tanta culpa, meu Deus? Todo o dia uma bola na minha garganta, um buraco no meu coração. E se o pai notava o meu olhar marejado, eu fazia um gesto com a mão de espantar o invisível da frente dos olhos e falava: diacho de sol que cega a gente. Eu fingia ter raiva do sol, comungar com o pai e as irmãs da indiferença diante daquela beleza.

Eles com coração leve de quem se sente cumpridor. E meu coração devendo, arrependido, torcido de remorso. Por que eu não era feita do mesmo barro das minhas irmãs, que viviam pra obedecer ao pai e à mãe, não dar desgosto, pelejar a lavoura? Elas, que fechavam os olhos pra rezar, que faziam promessa pra Nossa Senhora de Fátima, que pediam pra chover, pra terra vingar, pelo coração do pai e pelo reumatismo da mãe. E eu seguindo sem fé, incapaz de acreditar no pai-nosso, rezando como quem recita verso.

Quando não dava mais pra enxergar a enxada rachando a terra, a gente ia embora. O pai na frente, eu e as irmãs atrás. Eu era a quinta da fila, atrás de mim, mais duas.

Quando a gente voltava já era noite, o céu pintado de estrelas. A mãe deixava a sopa esfriando nos pratos. Oito pratinhos de folha de flandres lotados de água marrom, boiando pedacinhos de cenoura e de batata. A mãe comia em pé, porque na mesa não cabia mais ninguém. Não que a gente coubesse: eu, as irmãs e o pai. Era tudo um amontoado, braço raspando com braço. E eu podia sentir o cheiro da família inteira. As irmãs tinham cheiro de suor, de sabão e de alegria. O pai cheirava a estrume. Tudo nele era estrume. A gente não tinha gado nenhum, nossa pobreza só permitia galinha, mas o pai cheirava a estrume. Só a mãe não cheirava a nada. O dia inteiro cascando cebola, pelando galinha pra vender na feira e sempre cheiro nenhum. E eu queria sentir o cheiro da mãe, adivinhar o que ela pensava, se ela tinha a mesma alegria das minhas irmãs, se se sentia cumpridora dos deveres como o pai ou se guardava um buraco no coração como eu.

Uma vez, o pai não me acordou pro roçado. Todo dia, antes das quatro, uma a uma, ele nos sacudia. A mãe passava o café, esquentava o angu de fubá. Naquele dia não.

Acordei quando já tinha sol. Não era domingo nem dia santo. Às seis da manhã o sol já ardia feito carvão em brasa. Corri pra cozinha preparada pra notícia de morte. Só podia ser morte. O pai, do coração, a mãe, de desgosto, uma das irmãs, de alegria. Ou de bicho. Cobra.

Não tinha ninguém na casa. Saí pro terreiro vestida de roupa de dormir. Gritei o pai, a mãe, as irmãs. Nada. Nem barulho de bicho se ouvia. A essa hora já era pras cigarras estarem gritando e as galinhas fazendo alvoroço. Naquela manhã ardida não se ouvia nada: arrolho de pomba, guizo de cobra, bater de asas de canário. Nem o rio atrás do galinheiro parecia correr. Se corria, corria em silêncio.

Quem calou o mundo, meu Deus? Quem tirou a voz dos bichos, do rio, da terra? Quem tirou de mim a mãe, o pai, as irmãs todas?

Eu fui andando pra beirada do rio. Não chamei mais ninguém. No arremedo do silêncio do mundo, fiquei quieta também. Andava sem nenhum barulho. Meus pés sobre o chão de lama e as pedras de lodo. Nada parecia real. O verde de veludo do lodo, as pedronas pretas, a água barrenta do rio, o fresco das sombras dos pés de carambola. Parecia que nada existia, que nada tinha existido nunca. O pai, a mãe, as irmãs, a pobreza, a secura do roçado.

Na precisão de verdade, entrei com os pés no rio. Eu tinha esperanças na frieza da água. Quem sabe não me lembrava que o pai tinha avisado que iria na cidade com a mãe e as irmãs? Recordasse que nunca tive mãe, pai, nem ninguém nessa vida? Talvez me lembrasse de que eu não era nem desse mundo. Que eu era alma penada necessitada de reza, descanso, encarnação. Quem sabe, meu Deus? Quem é que sabe?

A água do rio era quente feito o caldo da sopa. E meus pés escalpelaram. A pele foi se desprendendo do corpo e eu nem dor sentia. Fui me agachando, sentindo a água ferver meus joelhos, depois minha barriga, meu pescoço.

Deitei no fundo do rio e bebi um gole da água. Minha boca pelou. Meus dentes todos viraram carvão. Devagarzinho, como um pescoço duro de galo, cozido lento, fui derretendo.

As unhas se dissolvendo na fervura, os cabelos chamuscados, os pelos queimados, os cotovelos, os olhos.

Fundida com o rio, eu era peixe, água e lodo. E eu sabendo que não tinha pai. Nem mãe. Nem irmã nenhuma. Sabendo que minha natureza era de água fervente, de barro, de pedra, de rio. Pra sempre.

Iná

Lá não tinha médico nem hospital. Socorro só a três léguas, três léguas e meia. E mesmo assim, só na estiagem. Em tempo de invernada, socorro não acudia.

A mulher inteirava quatro noites com o bebê encravado no bucho. Sem subir nem descer. O médico da vila foi chamado. Eu era menino de quinze, dezesseis anos e estava aprendendo o ofício. Nenhum livro, nenhum morto dissecado. Eu tinha só os ensinamentos do doutor e a cobiça de compreender as coisas de dentro da gente. Ansiava saber a cor da bexiga, os metros dos intestinos, as veias que desaguavam no coração.

A mulher nem gritava. Estava deitada num catre, sem lençol, sem coberta, a palha furando o colchão. Na roda dela, as irmãs, não me lembro se três ou quatro, uma tia e uma menina pequena, que era filha da mulher que pelejava parir. O médico enxotou todo mundo, balançando a mão boa. A outra mão era doente e ele quase não tirava do bolso do avental.

O doutor abaixou até a altura da cama, colocando o ouvido no meio das pernas da mulher, e me sugeriu o mesmo. Sem falar, só sacudindo a mão. Queria que eu ouvisse o choro. De princípio achei que fosse o gemido da mulher. Depois vi que ela dormia. Ou estava desmaiada. O peito arquejava muito e era só por isso que eu sabia que não estava morta. O choro vinha de dentro e parecia gato novo, sem mãe. Cismei que não era coisa boa. Foi mais de hora pra desentalar a criança. E a gente só escutando o miado.

Quando o bebê atravessou a barreira que apartava ele do mundo, revestido de um sangue que não era dele, entendi o desembrulhar dos fatos. O menino, agora a gente sabia que era um menino, estava enlutado. Chorava na barriga, porque sentiu que a mãe estava morrendo.

O doutor colocou o bebê no peito da mulher, sem enrolar no pano nem limpar a gosma. Ele chupou a teta da mãe no tempo em que ela viveu. Daí ela deu a última arfada, na tentativa de encarcerar o ar nos pulmões, e o médico arrancou o menino, segurando pela cabeça com a mão boa. Ela morreu nessa hora. O doutor era versado nas doenças, sabia do dano de se mamar em gente morta. Descolou a boca da criança enquanto o leite ainda era vivo.

Foi a menina quem se encarregou do bebê. Havia irmãs, tia, uma fila de mulher-feita e quem cuidou foi a menina que nem tinha começado a trocar dente, uma fileira de dentinhos de rato na gengiva. Devia ter idade de cinco. Não passava de cinco. E era estreita como uma ripa. Mal aguentava o peso do irmão.

O doutor tinha pressa de partir e foi logo montando na mula, sacolejando a mão para que eu fizesse o mesmo. Nem deu tempo de armar montaria e a chuva começou. Sem anúncio. Chuva gorda, que já cai enlameando o chão, fazendo derramar o rio, atolando os bichos.

Apeamos em uma casa na beirada do corgo pra fazer pouso. Estava despovoada desde que os moradores morreram de tifo. Um casebre quase pelado. O pouco que a pobreza da família permitia foi dizimado depois da morte. Natureza não respeita luto. O vento rasgou mesa e cadeira, a chuva encharcou a parede e o chão.

A menina apareceu de manhãzinha. Eram seis horas. Eu sabia pelo relógio do doutor que rodava sem parar, de-dia-de-noite. Sol não tinha pra se precisar a hora da manhã. O doutor ainda dormia e eu não alcançava dormir no chão pantanoso. Custei um pouco a conhecer a menina. Tinha no corpo o vestido de véspera, mas de molhado mudou a cor. O vestido era verde, e agora, encarnado. O corpinho da menina tremia e eu soube que ela se chamava Iná. No meu silêncio, na agonia de ser reconhecida, ela me disse: sou eu, Iná, a filha da defunta que pariu. Queria não ter sabido o nome dela. As coisas sem nome machucam menos.

Segui a menina debaixo da chuva. Ela era tão leve que os pezinhos nem afundavam a lama do chão. Andava que nem formiga sobre o barro. Ela sumia no enevoado e despontava feito assombração. Notei que tomava a direção do rio. Não o corgo, vizinho do nosso pernoite. Ela buscava mar caudaloso, rio de braços e de pernas. Eu ignorava aquelas paragens. Não era o caminho que eu discernia. Era o barulho de água correndo brava, de despencar de cachoeira, correnteza arrebentando na pedra.

Ela não parou quando a gente avistou o rio. E eu estava certo a respeito da violência, nunca tinha visto rio tão xucro. Ela continuou a correr, margeando o fluxo da água, pisando nas pedras encapadas de lodo, saltando as poças. Eu acompanhava, patinando o caminho de sabão, sem tempo de limpar o barro dos tombos. Vez em quando ela olhava, pra se certificar de que eu não tinha abandonado. E eu nunca que haveria de abandonar. Se pudesse, estava ainda hoje na trilha dela na beirada do rio. Escorregando no limo, molestando os joelhos nas quedas, guardando lama na barra das calças.

Eu via mudar a vegetação, o rio estreitar e alargar, as casinhas maquiadas de cal, o badalar do sino das igrejinhas, os moleques armados de lenha judiando de gambá.

Eu nem sabia onde estava. Não calculava distância e o tempo decorrido eu só soube quando estiou. A gente quase chegava no destino que eu desconhecia quando o sol rebentou. Pude saber que já era a metade do dia, a gente estava correndo desde seis horas da manhã.

Eu lutava chamar: Iná, Iná, Iná. E perguntava, nos intervalos em que eu parava pra engolir fôlego: vai onde, Iná, cadê o menino, o bebê, a mãe, a morta, o leite, de que peito ele bebe, você deixou ele, Iná, deixou? E eu devia saber que ela não deixaria o irmão. Nunca deixou.

Ela não parou de repente. Foi parando devagarzinho, já não deslizava o lodo, andava miúdo, esmiuçando muito o rio com os olhinhos. O que ela pretendia ver além de água e embaraçado de raízes?

Daí eu vi. O menino meio roxo, meio cinza. A cobrona abraçada nele. Serpente vermelha rajada de verde-claro. Eu conhecia toda qualidade de cobra e daquela ali eu nunca tinha visto antes. Nem nunca mais vi.

Foi ver o menino pra ela desatar correr. E não era correr de fugir. Era de enfrentamento. Ela tinha uma raiva nos olhos, que nem era de menina pequena. Raiva de mãe que perde filho. Eu corri também. O bebê eu dava por morto, o que eu precisava era acudir Iná. A cobra tinha a gula desalmada da peçonha, se deixasse engolia os irmãos todos.

A chuva tinha recomeçado, de propósito, só pra embaciar minha vista, dificultando o socorro. Penso que deve ter sido isso. Era o sacrifício, a menina tinha que morrer. E ela sabia. Mas por que então me chamou? Por que pediu meu préstimo se sabia que eu não podia salvar a alma dela? Ela queria que eu fosse testemunha de sua imolação? Tive raiva de Deus. Tenho até hoje. Exigir holocausto de menina pequena, sem dente definitivo na boca? Menina que desconhece o áspero da vida, que carrega coração sem nódoa nenhuma? Criança sem tempo de pecado. Deus é covarde. É desumano, porque não é humano. Se fosse, saberia a dor de ter a carne macerada pelo couro da cobra, os ossos esfarelados. A menina afogada. A cobra mascando o vestido vermelho, os pezinhos, o cabelinho morto dançando na violência do rio.

O bebê veio boiando até a minha covardia. Eu no seguro da borda. A menina imolada no abraço da cobra. O bebê ainda vivo. O sacrifício da mãe e da irmã deram firmeza pra ele resistir ao parto, à cobra, ao rio. Os pulmões estavam alagados. Fui puxando devagarinho, sugando da boca dele a água barrenta, até que estivesse estiado. Não vi a menina e nem a cobra. Ocupado em secar o avesso do bebê, perdi o instante em que elas submergiram. Iná e a serpente. Na fundura sem regresso do rio.

Fiz o caminho de volta com o menino no braço. O mundo persistia. Como pode sino bradar, casa ostentar cal nova, o rio alargar e emagrecer depois do acontecido? Uma menina engolida pela cobra do demônio, a mando de Deus, e a vida seguindo na indiferença. Eu procurava no limo das pedras, nos barrancos despedaçados das margens, na fila de formigas vermelhas. Ninguém notava a falta de Iná.

Daí eu avistei. Do outro lado do rio, em uma praia de areia amarela. Os meninos já não molestavam o gambá. Não usavam o pau pra desentocar o bicho. O gambá estava morto. E eles batiam. O perseverar da malvadeza. A cabeça do bicho espatifada, o sangue, o pelo preto, a catinga. Vai ver tinha filhote dentro da bolsa. Dois ou três. Mortos enquanto mamavam a mãe. Decerto beberam leite morto. Eu gritei do meu lado do rio: deixem o bicho em paz, demônios, já mataram, pra que moer a carne? Eu, no seguro da minha margem, não salvava ninguém.

Prossegui com o menino no colo. O mundo tinha mudado. De longe não se notava. A sutileza da maldade. A cobra estrangulando Iná. A menina cedendo à morte. O bebê boiando. O gambá moído pelo pau. Os filhotes arrebentados. Eu acovardado, pra sempre acovardado.

Entreguei o bebê pras tias e só voltei ao povoado depois de dezesseis anos. Quando já tinha virado doutor. Diligenciei o paradeiro do menino, das tias, o casebre na beira do riozinho. Ninguém sabia. Nem as velhas que viveram muito, que viram muito. Ninguém sabia de nada. Disseram que na beira do corgo nunca teve construção nenhuma. Nem casa, nem curral, nem chiqueiro.

Eu olhava os meninos-moços puxando as carroças, ordenhando as vacas, carregando as carretas com sacos de milho, tentava saber se um deles era o menino. Queria adivinhar dele os olhinhos miúdos de Iná. A vida se esquecia dela. Ou talvez nunca tenha se lembrado. As águas, o lodo, o irmão, o céu de chumbo. Ninguém cimentou lembrança da menina. Iná no pra sempre do fundo do rio. E eu nunca que vou esquecer.

De vaca, de lobo e de homem

(Da cerca que os separa e da lama que os une)

Não foram os pelos do rosto que me despertaram, nem minhas costas cada vez mais curvas, o rouco da voz, as unhas de garras. Foi o estômago, eu tive estômago de lobo e isso fez de mim um lobo. Já não bastava a sopa, o café, o pão com queijo, maçã, meu apetite era de carne sangrando, presa de morte recente. Eu voltava do açougue com duas sacolas, uma em cada mão, e eu tinha mãos, por mais pelos que as cobrissem, ainda não eram patas. Uma era destinada à minha família, minha mulher refogava cebola, alho, fritava a carne vermelha até que perdesse a memória do sangue. A outra sacola era minha, eu comia em pé, nos últimos tempos de quatro, nu, no chão da cozinha, o sulco da carne pingando nos pelos.

Fui embora quando tive urgência de caçar. Não me saciava mais mastigar carne morta, eu precisava matar, afundar os dentes em presa viva, estraçalhar um coração ofegante.

No dia em que fui embora, minha mulher não chorou. Silvia, era o nome dela, chorou todos os dias que precederam o dia em que fui embora. Eu tive duas filhas, Ana e Gabriela, eram minhas até quando já era lobo, mas não completamente lobo. Eu me lembro dos cabelos escuros da minha mulher, do cheiro do doce de cidra fervendo no tacho, do pé de jasmim, da árvore de natal de neve de algodão. Não sei o nome que tive, mesmo me lembrando do exato nome dos meus pais, dos meus avós paternos e maternos, da cachorra que eu ganhei aos doze anos, Balu. Meu tio a deixou de herança, um tio que mal conheci, só sabia que se chamava Valter. Ele tinha três filhos e deixou a cachorra para mim, escreveu uma carta antes de morrer de câncer aos quarenta e seis anos declarando que a cachorra era minha, não aceitava que fosse de mais ninguém. Eu achava que ele nem sabia meu nome, mas estava lá na carta, deixo a cadela Balu para meu sobrinho, e em seguida meu nome, o nome que já não me recordo.

A cachorra chegou numa caixa de madeira, dessas de guardar fruta. Já era adulta, tinha seis, sete anos. Dentro da caixa, além dela, um trapo de cobertor azul e um papel datilografado. Uma história sobre uma guerra que durou cento e dezessete anos, entre duas famílias inimigas, e matou exatas trezentas e quatro pessoas ao todo, cento e cinquenta e duas de cada lado, além de duzentas e dezesseis vacas e noventa e dois cavalos. Quando a guerra acabou, uma das famílias estava dizimada, completamente extinta, as casas destruídas pelo fogo, a terra salgada. Na outra família sobraram uma velha, uma menina de oito anos, um menino de dez e a cachorra Balu. Moravam todos na única casa que resistiu ao século de guerra e sobreviveram cozinhando a grama e os cogumelos que brotavam nos troncos das árvores mortas. Afora isso, vez em quando o menino abatia uma paca ou uma pomba do mato. Quase nunca comiam cobra, porque o veneno impregnado na carne importuna a garganta. A velha era uma velha que devia ter morrido há muito tempo, mas não morria nunca, tinha mais de cento e trinta anos. Não se casou, nem teve filho e era tataravó do menino e da menina. Só falava no sono, cantava músicas antigas dos bichos convertidos em gente e das gentes convertidas em bicho. Contava do pai que trabalhava no matadouro, executando as vacas, uma porretada em cada cabeça, a vaca refugando a proximidade da morte, o barulho dos crânios partidos, que nem tijolo espatifado no chão.

Uma vez, a velha contou para o menino, a menina e a cachorra, sem saber que contava, ferrada na ignorância do sono, a história do homem transformado em vaca. Nasceu homem. Morreu vaca. Dormiu com pernas, pênis, um estômago só e, quando amanheceu, ostentava dois pares de tetas molhadas de leite, quatro estômagos, um rabo e um couro preto desenhado de manchas brancas. Falava intercalando as palavras com *muuuuu*, não contava da filha que tinha ido estudar na cidade e nem pedia à mulher que passasse café novo e fritasse o pão na manteiga. Dizia da vastidão do pasto, da água fresca no cocho, do zimbro da madrugada que gelava o lombo, dos bezerros desmamados à força, do choro mugido da tristeza deles, dos homens sem luvas bulindo o ubre até empanturrar o balde.

O padre do povoado sentenciou que o homem não era mais homem, e que, como vaca, não poderia viver embaixo de telhado, com cama, cadeira e talha, bebendo vinho de garrafão e comendo carne passada na farinha. Deveria estar no curral, mascando capim e defecando o bagaço da grama ruminada, sendo coberta pelos machos para cumprir sua sina de parir bezerro, lotar vasilhas de leite branco e, se o destino assim quisesse, ofertar o crânio ao malho do porrete.

A filha veio da cidade para assistir ao pai abandonar a casa para ceder as tetas aos bezerros sem mãe.

O homem viveu como bicho exatos seiscentos e nove dias, pariu dois bezerros, deu leite para dezenove e serviu de desafogo para onze machos reprodutores. Não morreu porque seus anos de homem somaram-se à vida de vaca, seu tempo de animal era recente e era o que valia no contar da idade. Morreu porque decidiram matar. Conservava hábitos de homem que já não era, vez em quando enjeitava o capim e clamava mugindo por café fresco. A filha, que visitava o pai a cada vez que voltava ao povoado, mostrava para ele fotografias dele homem: ele ao lado da mãe debaixo do ipê-roxo, ele criança dentro da carriola de carregar feno. A vaca chorava, não como choram as vacas, mas sim como choram os homens que viram vacas para sempre. Em algum lugar entre os tantos estômagos, resistiu um miolo de gente.

O padre considerou que o híbrido de homem e bicho era feitio do demônio, somente o satanás para engendrar tamanha extravagância. Sentenciou morte.

No dia marcado, estavam lá o executor, que era o pai da velha que sobreviveu à guerra centenária, o padre e o povoado todo. A mulher do homem-vaca chorava e a filha também, o padre não chorava porque era o juiz.

A vaca caminhando pelo corredor do matadouro, só ela fazendo fila, ninguém na frente para dar coragem ou covardia. O povo desejando que naquele instante ela fosse mais bicho do que gente, para que não tomasse consciência de morte e morresse na boçalidade de animal.

O executor de porrete para o alto, esperando o perto para acertar a cabeça, e a vaca começou a rezar. Antes mugia, as bolotas dos olhos lacrimejando, havia quem dissesse que chorava. Agora, ave-maria. Rezou sete ave-marias sem mugir, enquanto seguia o corredor do abatedouro, que cheirava a esterco e sangue velho e também a vísceras e tripa lavada com água sanitária. O executor não teve valentia de golpear a vaca que rezava, de modo que o padre tomou o pau e cumpriu o arbítrio por ele próprio proferido. A falta de prática e força impediram a consumação da morte e a pancada só abriu um talho na cabeça do animal, que agora rezava com o sangue escorrendo no focinho e nos olhos.

Ninguém sabe se intencionado de maldade ou de misericórdia que o povo auxiliou o cumprimento da deliberação. Trinta e nove homens, quarenta e quatro mulheres (incluindo a esposa e a filha) vinte e cinco crianças e um padre tomaram lascas de granito e ripas de madeira e brutalizaram a vaca até que estivesse morta: a carcaça arriada no lodo do chão, os estômagos, os quatro, estraçalhados dentro do couro estampado.

Eu ainda receio a morte, minha sobra de homem. Não temo que uma bala me alcance enquanto corro a pradaria nevada. Aqui não tem neve, prado, espingarda. Meu medo é que me escamem o pelo a pedradas ou que centenas de cachorros me tocaiem e arrebentem traiçoeiros a pele fina que me protege a barrigada. Pedra, lixo e cão é tudo o que se encontra por aqui, o refugo, o que não cabe lá é arrastado para a borda de cá. Eu, que desejava as jugulares mornas dos javalis e dos cervos, enterro o focinho nos potes de iogurtes azedos, varrendo o fundo das embalagens com a língua. Quando cheguei, ainda caçava cachorro, sempre filhote. Mordia o pescoço para não dar tempo do bicho ganir chamando a mãe e saía em disparada.

A cadela, quando dava falta da cria, não podia acudir, eu já tinha rasgado o coraçãozinho nos dentes, mastigado as tripas, descolado a carne do osso. Eu confiava que bicho não vinga, que peleja o possível e, quando não pode mais, resigna. Bicho diverge da natureza de gente, que pretende vingança, mata de maldade, sem fome.

Não tombaram a cerca que apartava homem de animal, desconfio que só moveram uns metros, para o lado de cá ou de lá. Tivessem derrubado, estavam aqui minha mulher Silvia e minhas filhas Ana e Gabriela, vestidas de pele de lobo, partilhando comigo os restos. A mudança do lugar da divisória fez com que os bichos tomassem gosto em hábito de gente. Por isso a cadela me vingou. O filhote já estava morto, a carne fermentava no meu estômago, eu tinha enterrado a pele e o que restou dos ossos para não fuçarem os urubus carniceiros. E ela veio. Sozinha, galopando o lixo, os olhos salientes de raiva que bicho não tem, que não deveria ter, estivesse a cerca no lugar destinado. Eu era três corpos maior. Eu lobo, ela cachorra. Ainda assim temi, a raiva dava a força que ela não tinha, ódio de mãe de filho matado. Até hoje, debaixo dos pelos, guardo as cicatrizes das dentadas. Parei de caçar. Me contentei com o iogurte talhado, o pão de bolor, as carniças abandonadas pelos urubus. Meus caninos estão perdendo as pontas, minha passada não tem agilidade caçadora, meu corpo pesado de sarna.

As poucas fêmeas que me deixaram montar o cio pariram proles que não eram minhas, cachorrinhos marrons, brancos e pretos, nenhum cinza, nenhum canino de agulha. Minha genética de lobo não vai ultrapassar minha existência. Nasci homem e morrerei lobo, sem descendentes. Ninguém saberá que eu fui lobo. Nem que fui homem. Nem que fui.

Cartas à irmã

Catanduva, 18 de outubro de 2001

Querida Aline,

Não vou escrever que espero que esta carta te encontre bem e com boa saúde. Não só porque você detesta clichês. Esta carta não vai chegar até você. Vou botar no envelope o endereço da pensão em Berlim. Você não está lá. Há muitos anos que não está. A dona da pensão disse que você ficou por dois meses. A estadia estava paga para quatro e você só ficou dois. Depois sumiu. Pegou a mala de lona e um metrô. Vai saber pra onde, Line. Nem deve estar mais em Berlim. Vai ver vive em Praga, Estocolmo, Genebra ou até Moscou. Decerto nem está mais no planeta. Foi morar em Júpiter. Às vezes penso que você morreu. Que está embaixo de terra de neve, sem nome e sem flor. Que a sua cabeça ruiva e as pernas de alicate foram devoradas pelos vermes que comem a morte. Já pensou, Line? Ser comida por minhocas de defunto. Por isso que eu não quero morrer nunca. Por conta das minhocas. Tenho pavor só de pensar naqueles bichos me mastigando as cutículas, fuçando comida apodrecida nos vãozinhos dos meus dentes. Lembra quando a gente ia ao cemitério com a mãe lavar os túmulos antes do finados? Coisa mais ridícula ensaboar aquelas tumbas. Como se os fantasmas dos parentes fossem se importar se o cimento está encardido. Mas a gente gostava, lembra? A gente ia no finalzinho da tarde pra não fritar no calor. Porque essa cidade é tão quente, Aline? Todo mês verão. A gente derrubava os baldes de água bem rápido, pra respingar na blusa. E enfiava a cabeça no poço comunitário. A mãe via e nem falava nada. Dizia que não podia danar com criança na terra dos mortos. Lembra dos túmulos rachados? Aquele povo enterrado em mil oitocentos e alguma coisa no lado direito do cemitério. Era a ala dos esquecidos. A pedra rachada, os nomes quase apagados. Parente de ninguém, morto de ninguém. A gente se agachava para olhar dentro da rachadura. Não via nada. Só o cheiro de umidade das coisas enterradas. Até hoje me lembro de morte quando me vem um cheiro úmido. Ultimamente tem me lembrado você. Esses dias saí na rua depois de uma chuvarada. Fez um calor de um dia inteiro e quando deu cinco horas despencou a maior água. O cheiro da calçada resfriada de repente pela chuva me lembrou você, Line. Em outra época me lembraria só a morte. Agora me lembrou você.

Mas se você estivesse morta, o pai não tinha aparecido pra mim no sonho. Foi ontem. Ele estava em um corredor escuro, tinha só uma luzinha ligada. Estava ligada nele, saía do peito. Ele dizia pra mim (não era bem pra mim, eu não estava no corredor, mas era para mim, sabe?) "você contou pra sua irmã?". E ficava repetindo isso, segurando a luz do peito, como se amparasse uma ferida, um buraco de bala, o talho de uma facada. Acordei apavorada. O bebê esperneando na minha barriga. Ah, Aline, quase me esqueço de contar que estou grávida. Lembra do Jane, filho da dona da papelaria? É dele. Não é meu namorado nem nada. Ele diz que não é dele, que quer DNA e o escambau, mas é. A gente sempre sabe a semente que vinga. Se você estivesse aqui, se não estivesse na Bulgária, na Turquia, em Saturno ou morta, eu te chamava pra madrinha. Ou abortava. Se você estivesse comigo, certeza que eu abortava. Até comprei Cytotec. Cem paus em uma cartelinha e não tive coragem de tomar. Agora eu já estou de seis meses. Na verdade vinte e duas semanas. Viu, Line, como os médicos falam? Semanas. Fico imaginando se você tem filho. Aí, nesse outro universo. Vai ver está grávida agora, junto comigo. Não ouviu dizer que gêmeas compartilham experiências mesmo longe? Taí, bem que podiam fazer um estudo com a gente. Eu aqui, no forno desta cidade de merda, e você na Polônia, Alasca, Sydnei, Pequim.

O que aconteceu com você, Line? Ainda dança balé? Ainda usa óleo de girassol pra não ter varizes? Lembra da perna da mãe, toda encalombada? E você morrendo de medo de ficar igual, virando o óleo nas pernas todo santo dia. Eu já tenho quatro caroços, quatro nós de veias roxas. Três em uma perna e uma na outra. Moro aqui na casa sozinha. O pai morreu. Aliás, é por isso que escrevo, pra contar que o pai morreu. Não foi ontem, nem semana passada. Depois de amanhã faz dois meses. Eu não tinha um puto pra pagar o enterro, o caixão, a missa. O tio Valter que pagou. Só conto agora porque o pai pediu. No sonho da luzinha. Se você estivesse morta, o pai não pediria para eu te contar da morte dele. Ele mesmo iria dizer "oi, filha, cheguei, também morri". E vocês seriam uma família de novo. Você, a mãe e ele. Sem mim. Vai ver daria certo. Vai ver o pai não ficava espiando a gente. Lembra? Eu sabia que ele ia na sua cama e você sabia que ele ia na minha. Ele ficava só olhando. Uma mão dentro do shorts e a outra no joelho. Bem firme. Ele ocupava as duas mãos para não pôr a mão na gente. Ele punha em você, Line? A mão? É por isso que você foi embora? Porque o pai espiava a gente dormir? Depois que você foi embora, ele parou. Ele parou porque você sumiu? Será que você se salvou e acabou me salvando? Será que ele teria persistido? Teria enjoado de olhar e começado a mexer com a gente? Será, Line, será? Se você não tivesse ido embora, vai ver o pai não parava, vai ver o filho que eu carrego seria dele. Meu e dele. A minha genética, que é metade dele, se misturando com a dele, que é toda dele. E eu teria um filho que é mais dele do que meu. Setenta e cinco por cento dele.

Escrevo tudo isso porque você nunca vai ler. Ninguém vai ler. Talvez só os moços do correio, quando a carta voltar, "destinatário não encontrado". Talvez violem minha correspondência e descubram que fomos violadas. Nós duas, envelopes arregaçados, rasgados sem expectativa de emenda. Ah, Aline, tudo o que eu queria era saber onde você está.

O seu Clóvis acabou de bater aqui em casa. Lembra dele? Está vivo ainda, acredita? Parece uma múmia, mas está vivo. Decerto tanto quanto você. Ele me pediu dois copos de farinha, disse que vai fazer pão. Você acha, quase uma múmia e fazendo pão. Eu acho que é mentira. Que ele vem aqui pedir farinha só pra falar com alguém. Uma vez por semana ele bate palma aqui em casa dizendo que precisa de farinha pro pão. Eu dou. Tenho dó, Line. Deve ser duro ficar velho e não ter ninguém. Toda vez ele pergunta do bebê e fala que vai ter uma conversa com o Jane, pra ele casar, assumir o filho e tal. Deus que me livre de casar com aquela anta. Ele continua igualzinho a quando você conheceu. Uma anta. Ainda é fã dos filmes do Rambo e usa aquela faixa ridícula na testa. Igual quando era moleque. Eu transei com ele com faixa na testa. Eu gozei, acredita? Como pude? Sei que você pergunta como pude. Eu também, Line. Como pude? E justo a genética dele foi vingar na minha barriga. Genética de Rambo. Será que eu vou conseguir amar o bebê? Será que vai ser pecado não amar? Eu iria amar se fosse filho do pai? Seria mãe do meu irmão. Queria saber se ele fez alguma coisa com você. Enfiou a mão, te pegou enquanto você dormia. Ele nunca encostou nada em mim, juro pela Nossa Senhora de Fátima. O único motivo que eu encontro pra você ter ido embora assim, sem retorno nenhum, é o pai ter feito alguma coisa com você. Por que você não falou, Line? Pra mim, pelo menos. Sei que não adiantava contar pra mãe, era capaz dele até bater nela, mas pra mim? A gente falava com a tia Dodora, ia até na polícia. Doeu tanto que você teve que se mudar pra Noruega pra dor passar? Me responda, Line, ainda tenho esperança.

Da sua irmã,

Ilana

Catanduva, 2 de fevereiro de 2002

Line,

Hoje chegou minha carta carimbada em alemão. Certeza que está escrito que você não estava lá. Tinha esperança de resposta. Quem sabe o pai, do lado de lá da morte, se incumbisse de fazer a carta chegar até você? Quem sabe não seria o jeito dele pedir desculpas pra nós duas, de dizer que sente muito?

O bebê nasceu. Hoje faz vinte dias. É uma menina minúscula e branca. Parece uma lagartixa. Ainda não consegui amar a bebê. Não consegui sequer botar um nome nela. A tia Dodora me ajudou. Dormiu comigo no hospital e passou duas semanas aqui. Fez canjicada, limpou a casa, cuidou da bebê. Ela falou que dá azar um bebê de trinta dias não ter nome. Tenho dez dias pra escolher. Se você estivesse aqui me ajudava. Onde você tá, Aline? Em que diabo de lugar você se meteu pra sempre? Faz calor aí, nesse pedaço de mundo onde você mora? Aqui é o inferno. Você ainda lembra do calor que faz aqui? Está pior a cada ano. Quando a bebê chora pra mamar no meio da noite, eu me enfio no chuveiro antes de dar o peito. Esses dias ela ficou ensopada com a água que escorria do meu cabelo. Deu uma pena, Line, uma culpa. Achei que a culpa só vinha quando tem amor. Como posso sentir culpa se não amo a bebê? Será que então eu amo? Será, Aline? Pensei em colocar o nome da vó. Não a bruxa da vó Matilde. A vó Eta. É bonito, Marieta, não acha? Tinha pensado em batizar com seu nome. Mas pensei que seria um jeito de aceitar que você morreu. Nunca poria seu nome se você estivesse viva. Quero acreditar que você está. Que um dia volta. A mala de lona cinza enfiada nas costas feito mochila. Vai reclamar do calor e contar da neve que você viu. Às vezes eu te escuto empurrando o portãozinho. Me chamando pra eu ajudar com a mala pesada. Lana, Lana, Lana.

Eu me sinto tão triste. Sozinha com a bebê. Meus peitos esguicham leite o tempo todo. Eu estou sempre molhada. E azeda. Quando a gente era criança eu gostava de imaginar quando eu tivesse filho. Eu teria uma casa igual à nossa, mas mais rica, sabe? Com móvel novo, pintada de verde clarinho. Seria em um lugar fresco. Uma cidade em que a gente sempre precisasse vestir um casaquinho no fim do dia, pra não constipar. O bebê teria nome desde a barriga e eu bordaria as toalhas em ponto cruz com patinhos e estrelas. Eu teria um marido médico ou dentista ou advogado. De preferência médico. Não tenho nada. A casa está caindo aos pedaços.

O cupim tá comendo o assoalho e a parede da sala tem uma rachadura da largura de um dedo. Dá até pra ver a carne da construção. A casa tá caindo comigo dentro. A bebê não tem nome, nem amor e nem pai. Mal tem mãe. Eu fedo, Aline. Por mais que eu me lave, esfregue meus peitos com a bucha, eu fedo. Lembra daquela queijeira que vinha vender queijo pro pai aqui na porta? Sou fedida igual a ela. Leite podre, azedo, estragado.

Ontem foi domingo de carnaval. Aqui ainda tem o desfile. Um bando de gente fantasiada, pulando, como se a vida pudesse ser boa. Dá uma tristeza isso. Gente que acredita que a vida pode ser boa. A tia Dodora veio pra cá e a gente foi pro alpendre ver o desfile passar. O Jane estava desfilando. De faixa de Rambo, sem camisa, o corpo brilhando a óleo bronzeador. Me deu um nojo. Eu estava com a bebê no colo e ele nem falou nada. Nem olhou a bebê. Me falaram pra eu pôr no pau, fazer ele pagar pensão e tudo. Não sei. Tenho vontade de morrer.

Esses dias o pai apareceu de novo em sonho. Tinha o buraco no peito e a luz. Não falou nada. Só gemeu. Segurava o peito esburacado e gemia. Deu pena. Será que ele tá sofrendo no inferno, purgatório, essas coisas? Você acredita, Line? Em inferno? Pensei em ir num centro espírita. Ainda tem aquele da avenida Jales, que o tio Valter ia. Pensei até em perguntar o que ele achava. Mas daí teria que contar do sonho da luzinha, do buraco no peito, do inferno, do pai olhando a gente, da mão dentro do short. Imagina? Era capaz do tio Valter matar o pai o morto. Desenterrar o corpo dele e socar o cadáver até a pele despregar do osso.

A bebê tem mamado de meia em meia hora. Estou exausta. Já parei duas vezes pra dar o peito desde que comecei a te escrever. Você podia voltar. Me ajudava com a bebê, botava um nome nela, seria a mãe que eu não sou capaz de ser. Vai ver você até dava leite, fedia igual a mim. Se você voltar, a tia Dodora faz o doce de mamão. Ela sempre fala de você. Não se conforma que você sumiu. Diz que ninguém some assim, sem rastro. Ela nunca mais fez doce de mamão, sabia? Fez uma promessa que só faz no dia em que você voltar. De abóbora ela até faz, mas fala que sempre salga. Que ela chora tanto em cima do tacho, lembrando de você, que o doce fica salgado. Esses dias contou que uma cliente reclamou. Perguntou se ela tinha botado sal por engano. Ela respondeu que não era sal, era dor. A moça nunca mais comprou doce.

Não sei por que te escrevo de novo. Da primeira vez escrevi porque o pai pediu no sonho. Na verdade o pedido do pai foi a justificativa que eu precisava. Sempre quis te escrever, Line. Imaginava você lendo a carta, chorando, sentindo saudades e voltando para casa. Eu me achava louca pensando nisso. Em te escrever. Quando o pai apareceu no sonho, fiquei feliz. Eu poderia te mandar uma carta sem parecer louca. Agora eu te escrevo porque não tenho mais medo da loucura. Às vezes tenho certeza absoluta que estou louca. De que não tem mais volta. Tenho pena da bebê que não vai ter mãe, tia, avó, avô. Será que ele ia espiar ela se estivesse vivo? Ainda bem que não tive menino, Line. Se tivesse tido menino, acho que eu matava. Era capaz de matar. Pra que ele nunca tivesse filha, nunca entrasse de madrugada no quarto pra espiar.

Vou rezar pra você me responder. Eu fiz promessa, te falei? Não como doce nunca mais se você voltar. Nunca mais. Nem broa de milho, nem paçoca, nem chocolate. Nada. Acho que é minha última carta. Se insistir em te escrever, acabo louca. Não posso ser louca, Line. Tem a bebê. Tenho dez dias pra pôr um nome nela, virar mãe, parar de feder. Amo você, irmã. Nunca te disse antes. Aqui em casa a gente não tem costume, né? Mas eu amo. Aguardo você voltar.

Com amor,

Lana

Pindorama, 8 de setembro de 2002

Aline,

Resisti sete meses. Jurei que não ia mais escrever. A última carta voltou em dez dias. Fiquei até desconfiada do correio, achando que eles nem se deram ao trabalho de te procurar. Voltou com o mesmo carimbo. Guardei a carta e prometi que não ia mais escrever. Nunca mais. O pai não apareceu mais no sonho. Mês passado fez um ano que ele morreu. O tio Valter encomendou missa. Dizem que faz bem pra alma do morto. Será que ele encontrou paz, Line? Saiu daquele purgatório, tapou o buraco do peito?

Faz duas semanas que estou aqui em Pindorama. O tio Valter tinha que arrumar a casa. Passar massa corrida nas trincas, uma demão de tinta, matar os cupins. Vão vender o sítio. A tia Dodora me chamou pra ficar aqui com a Maria. Minha filha chama Maria, Line. Eu ia botar Marieta, mas achei que ficaria bem homenagear Nossa Senhora. Ela tem dois dentinhos embaixo e um chumacinho de cabelo assim meio ruivo. Acredita? A tia Dodora fala que é você escritinha quando era bebê.

É esquisito estar aqui no sítio sem você. Acho que é por isso que não paro de me lembrar. Você ainda lembra? Quando caminha aí por um bosque de araucárias, vestida de blusa de lã, se lembra das jabuticabeiras poeirentas do sítio? Quando mastiga framboesa, sente o azedo da cajá-manga? O pé de cajá-manga tá apinhado. Dá até pena de ver a árvore mal aguentando o peso de tanta fruta. O riacho secou. No chão, só a tatuagem deixada pela água correndo há tantos anos. A gente pescava lambari e fritava com barrigada e tudo. Torrava no óleo até que virasse um quase carvão. Espinha, olho, escama. E comia feliz. Lembra, Line? A tia Dodora estava lembrando ontem do dia em que você quebrou o dente tentando rachar um coquinho de macaúba. Mesmo com o dente partido, você queria chupar o coquinho. A mãe danando, querendo te levar no dentista e você querendo comer a carne da macaúba.

Vou contar essas histórias pra Maria. Vou contar tudo. Das sardas que você guarda na dobra da pálpebra, da tatuagem de borboleta que você fez escondido do pai. Na virilha. Tão perto de onde brotam os pelos que só via a tatuagem quem te visse pelada. Você sabia que ele veria, não sabia, Aline? E sabia que ele não diria nada, que não poderia dizer nada. Vou contar pra minha filha para que essas lembranças não morram comigo.

Vou contar pra Maria que você guardava emboladas as blusas pra parecerem sempre amassadas, que gostava de enfiar o dedo no pote de açúcar e furava lesma com graveto pra ver escapar a gosma. Não a gosma de fora, a deixada pelo rastro. A gosma de dentro. Do avesso. Você sempre queria o avesso. Ver tudo por dentro. Não se contentava com o que todo mundo via. Queria ver a carne das coisas. A parte feia. A baba. Por isso você se cortou aquela vez? A mãe ficou desesperada, achou que você queria se matar. O pai enfiado no silêncio. Você não queria, né, Line? Se matar. Só queria ver a gosma, que nem fazia com as lesmas.

A Maria ainda mama no peito. Está mamando agora enquanto te escrevo, acredita? Ela vem engatinhando e levanta minha blusa quando quer mamar. Tão bonitinha, Line. Quero pensar que um dia você vai conhecer ela. Que vai sentir o cheirinho que ela tem nos cabelos e ver o jeito com que ela fecha os olhinhos quando tem cócegas. Fico pensando daqui pra frente. O que vou fazer com ela, Line? Eu não trabalho. Não sei fazer nada. Quando a tia Dodora e o tio Valter morrerem, sobramos eu e ela. É por isso que eles querem vender o sítio. Pra colocar numa poupança e eu ter um dinheirinho. A tia Dodora fala toda vez "o dinheiro das meninas". E se refere não a mim e a minha filha, mas a mim e a você. Ela não se conforma. Diz que um dia você volta, que ela sente que você volta. Você volta, Line? Um dia? Volta pra arrebentar macaúba nos dentes, sentir o cheiro dos cabelos da Maria, despedaçar o couro das lesmas? Volta, Line? Você volta?

Eu te espero. Vou contar pra minha filha da tia que um dia vai chegar de longe, vinda de terra de gelo, vestindo cachecol no pescoço e bota nos pés. E a Maria vai te esperar que nem criança espera papai noel. E pra não desfazer o sonho dela, eu vou acreditar também. E juntas vamos fazer biscoitos de nata pra te aguardar na noite de natal. Todo natal. A cada ano. A cada maldito verão a gente vai acreditar que você chega com o inverno guardado no peito. Que seu abraço vai esfriar nosso coração de brasa e a gente vai ter algum refresco nesta desgraceira. Um dia, Line. Um dia.

Esta carta eu nem posto. Nem gasto dinheiro do selo. Eu mesma copio o recado em alemão e guardo com as outras. Eu te mostro todas elas quando você voltar. Um dia você volta. Nem que seja em sonho, com o peito lanhado, avisando que morreu. Um dia eu te vejo de novo.

Com todo amor do mundo,

Lana

Você nunca vai saber o que é matar até que mate

Você está correndo no quintal da sua vizinha da frente. É pega-pega e a vizinha diz que está com você. Você corre descalço no chão que é parte de grama, parte de cimento, seus chinelos estão na sombra da única árvore, você não gosta de calçar chinelos quentes e no hoje daquele dia faz muito calor, é janeiro.

A vizinha tem os cabelos enrolados que vão até o fim das costas, quase lá, na bunda, e agora que você tem treze anos, gosta de pensar na bunda da vizinha correndo de shorts de lycra e cabelos soltos. E agora que você tem treze anos, gosta de ver a bunda da vizinha correndo de shorts de lycra e cabelos soltos. Você está correndo atrás da vizinha e também dos outros: o moleque da rua de baixo que tem o apelido de Fanta Uva, o irmão mais novo da vizinha e um menino que talvez morasse do lado de lá da sorveteria e se chamasse Caio ou Eduardo, tinha uma cicatriz na bochecha, uma linha branca e fina em forma de arco.

Você é o pegador, você tem que correr o mais rápido possível e pegar alguém para deixar de ser o pegador, esta é a regra do jogo. Você corre em direção a todos, mas o mais rápido possível apenas na direção da vizinha.

Ainda são nove da manhã, mas seus pés queimam quando você está no chão de cimento, é janeiro. Você pensa em calçar os chinelos, mas você sabe que não vai conseguir correr o mais rápido possível estando de chinelos, você sabe que pode cair de boca no cimento estando de chinelos, que pode perder os dois dentes da frente tentando correr o mais rápido possível de chinelos. Suas pernas se movimentam para todos os lados do quintal, mas seus olhos estão grudados na vizinha, na bunda coberta de lycra, nos cabelos soltos. A vizinha nunca prende os cabelos, por mais que esteja calor, por mais que esteja correndo no pega-pega, por mais que seja janeiro.

A vizinha olha para você e diz: você não me pega, *lerolerolero,* como se fosse uma menina de nove anos que não é. Ela tem treze, como você. Os cachos da franja grudam na testa e você acha um pouco nojento os cabelos úmidos de suor. Você acha nojento, mas também acha estranho, também acha bonito. E você entende, aos treze anos de idade, correndo no quintal de cimento e grama, às nove e dezessete de um sábado de janeiro, que as coisas nojentas são também estranhas e bonitas.

Você está quase alcançando os cabelos suados da vizinha quando vê. No chão de cimento, perto da linha onde começa a grama: uma taturana marrom. Você para de forma brusca, bem a tempo de não pisar, é das peludas, você sabe que queima. A vizinha percebe que você parou, mesmo estando de costas, mesmo estando de bunda, e também para. Diferente de você, que está descalço no cimento, ela está na grama e tem os pés calçados de tênis. Ela pergunta: que foi?, com uma severidade que nem de longe lembra a voz infantil que acabou de dizer *lerolerolero.* A franja está completamente grudada no rosto, quase esconde as sobrancelhas e os olhos cor de ameixa.

Você baixa o olhar em direção à taturana e a vizinha entende sem que você precise explicar: ah. Os outros também pararam e o que se chama Eduardo ou Caio diz que é lagarta-de-fogo, queima de ter que ir pro hospital. E a vizinha diz mais uma vez: ah, mas com outra entonação.

Você poderia pedir para a vizinha, que está de tênis brancos com listras rosa, pisar na taturana. Você poderia pedir para o Fanta Uva calçar os próprios chinelos que estão no sol e pisar na taturana. Você poderia pegar uma pá de lixo e jogar a taturana viva por cima do muro que divide a casa da vizinha com um terreno baldio. Você poderia dizer chega, cansei de brincar, tá muito calor, vou para casa.

Mas o que você faz é caminhar descalço até a sombra da única árvore e calçar seus chinelos que estão frescos. Você vai em direção à taturana e ela se moveu um pouco, está quase alcançando a grama que deve ser a casa dela.

Você pisa com seu chinelo frio na taturana quente de sol. Você é canhoto e foi seu chinelo esquerdo quem matou a lagarta-de-fogo que queima de ter que ir para o hospital.

A vizinha diz: argh, porque tem nojo da baba verde que vaza da taturana arrebentada. E você também tem nojo, mas é estranho, bonito e triste. E você entende, aos treze anos de idade, no dia mais quente daquele janeiro, que as coisas nojentas também são estranhas, bonitas e tristes.

Você sente uma vontade insuportável de chorar, uma pelota cresce na sua garganta como uma massa de pão debaixo do pano em dia de janeiro. Você diz que tem que ir embora, que sua mãe avisou que hoje tem almoço na sua avó, e é mentira.

Você caminha em direção ao portão calçando seus dois chinelos, o assassino e o inocente. A vizinha pergunta se você pode brincar amanhã: você pode brincar amanhã?

Você responde que não, que não pode brincar amanhã, nem depois de amanhã e nem na semana que vem. Você responde que não pode brincar nunca mais. Você entrelaça os dedos uns nos outros e solta na frente do próprio corpo indicando que está de mal, como se fosse uma criança de nove anos que você não é. A vizinha não entende, o Fanta Uva não entende, o irmão da vizinha não entende, o menino de cicatriz de arco talvez se chamasse Carlos Augusto.

Você vai embora para sua casa de tijolos pensando na taturana que devia estar indo para a casa de grama. Você abre a porta e a sua mãe pergunta: quê que aconteceu? Você está suado e um pouco pálido e você diz que nada, não foi nada, mãe. E a sua mãe fala que deve ser o calor, diz para você ligar um desenho que ela vai fazer uma limonada com gelo.

Você aperta o botão da televisão e já está no canal que você gosta, a menina montada no cavalo de fogo que está vivo. A lagarta-de-fogo está morta e nunca vai chegar em casa.

Você tem vinte e dois anos e fez faculdade de economia porque seu pai falou. A vizinha de cabelos suados ficou grávida de um caminhoneiro e foi morar no Paraná. O irmão da vizinha de cabelos suados repetiu três vezes a sexta série e agora trabalha no frigorífico. O Fanta Uva foi preso por roubar uma lotérica, foi a mãe dele quem contou na semana passada, na fila da padaria. O Caio ou Eduardo ou Carlos Augusto você não sabe, talvez não tivesse cicatriz nenhuma.

Você acabou de voltar para casa depois de passar quatro anos fora fazendo faculdade. Você voltou para casa porque tem vinte e dois anos, é formado em economia e não tem emprego. Você voltou para casa porque seu pai disse que vai arrumar alguma coisa para você fazer, tem um amigo que trabalha no banco, é gerente. Você voltou para casa porque sua mãe está com câncer de intestino e o médico falou que agora, ó, babau. Foi o que o médico disse na última consulta e seu pai jurou que ia processar, onde já se viu falar um troço desses: agora, ó, babau. Você acha "babau" uma palavra engraçada, como se fosse uma baba no passado, um sangue morto de taturana que aconteceu há muito tempo.

Você está de volta há quase um mês e seu quarto continua igual a quando você tinha treze anos. O autorama ainda montado na prateleira, a colcha da cama é de pista de Fórmula 1, o carro vermelho continua ganhando do azul: você não me pega, *lerolerolero.*

Você acorda todos dias depois das onze e é sempre quente, é janeiro. Você não fala com ninguém além do seu pai, da sua mãe com câncer, da Valda que agora está vindo todo dia porque sua mãe não está aguentando nem se levantar da cama, agora, ó, babau.

Você não tem amigos naquela cidade que é sua, e por isso mesmo, por ser sua, aquela cidade não é aquela, é esta. Você pensa que se não tivesse entrelaçado os dedos na frente do corpo e ficado de mal, talvez fosse você quem tivesse engravidado a vizinha. Talvez você fosse caminhoneiro e morasse no Paraná. Talvez repetisse três vezes a sexta série e trabalhasse no frigorífico. Ou estivesse preso com o Fanta Uva por assaltar uma lotérica com arma de brinquedo (a mãe dele garantia que era arma de brinquedo). Talvez você fosse amigo do Caio ou Eduardo ou Carlos Augusto e daí saberia se a cicatriz é mesmo em forma de arco, saberia se existe cicatriz, se é branca.

Mas você não faz nada além de dormir e assistir televisão e comer a macarronada da Valda, o filé de frango da Valda, a carne moída. Você não faz nada além de ir até a padaria comprar cem gramas de pão de queijo e um Trident de canela. Você não faz nada além de se masturbar debaixo do chuveiro pensando na vizinha grávida de cabelos suados. Você não faz nada além de ouvir sua mãe morrendo no outro quarto.

Você não acompanhou o seu pai e sua mãe na consulta em que o médico disse: agora, ó, babau. Você estava no seu quarto assistindo ao penúltimo episódio da sua série favorita pela terceira vez quando seu pai chegou gritando: ondejásevIufalarumtroçodesseoqueessefilhodumaputatápensandojuroquevoumeterumprocessonesseveado. Enquanto seu pai berrava, sua mãe se deitou na cama e desde então não se levantou mais. Faz duas semanas, na próxima segunda faz duas semanas.

Depois de gritar que ia processar, seu pai ligou para o amigo gerente de banco e o amigo gerente de banco passou o telefone de um advogado de confiança. Seu pai ligou para o advogado de confiança e o advogado de confiança disse que não tem jeito, falar "agora, ó, babau" não dá processo. Seu pai tomou um comprimido de Zolpiden e no dia seguinte não tocou mais no assunto.

Seu pai vai para o trabalho todos os dias às oito horas da manhã e volta às onze e meia, almoça a macarronada da Valda, o filé de frango, a carne moída, retorna ao trabalho e só chega em casa às sete. Janta o mesmo do almoço, pergunta como sua mãe está, como tá hoje benzinho?, e a voz é infantil como se tivesse nove ou treze anos, e em resposta sua mãe solta um gemido debaixo da coberta. Mesmo sendo quente, mesmo sendo janeiro, sua mãe está sempre com frio.

E todos os dias, depois de perguntar como sua mãe está e de ela responder gemendo, seu pai bate duas vezes com o nó do dedo direito na porta do seu quarto, seu pai é destro. Você reponde: pode entrar, apertando o pause do controle remoto. Seu pai entra cheirando a loção de barba e sabonete, a camisa azul ou branca, os cabelos ainda úmidos penteados para trás, ele pergunta se foi tudo bem hoje. E você não entende direito a pergunta, porque o hoje de hoje é igual ao hoje de ontem e de anteontem. Mesmo assim você reponde que foi tudo bem. E seu pai diz que vai dar uma volta, vou ali espairecer. Você acha "espairecer" uma palavra engraçada, parece praia, espairecer é ir para uma praia dentro da cabeça. E seu pai sai do seu quarto fechando a porta devagar, e mesmo depois que despausar sua série, você sabe que ainda assim vai escutar o barulho da sua mãe morrendo no quarto ao lado.

E no hoje deste dia o seu pai acabou de sair do seu quarto fechando a porta devagar, a camisa é verde-clara, um pouco mais aguada do que o sangue da taturana, ele foi para a praia da cabeça dele. E no hoje deste dia sua mãe está morrendo mais alto. Você aumenta o volume da televisão e liga o ventilador. Ainda assim você escuta.

Você tirou a camisa do pijama, o ventilador no máximo, mas você continua sentindo calor, muito calor. Você resolve tomar um banho, são nove da noite, você já tomou dois hoje e seu pai disse que a conta de água está cara, caríssima. Mas é janeiro e a sua mãe está morrendo muito hoje.

Você está debaixo do chuveiro e não tem vontade nenhuma de passar sabonete, xampu. Você está debaixo do chuveiro e não tem vontade nenhuma de se masturbar pensando na vizinha de cabelos suados. Você está debaixo do chuveiro e pensa que poderia se mudar para o Paraná, poderia roubar um frigorífico com uma arma de brinquedo, trabalhar em uma lotérica, ter um filho que repetisse três vezes a sexta série. Você está debaixo do chuveiro quando ouve. Sua mãe está pedindo socorro.

Você desliga o chuveiro, veste de volta seus shorts de pijama, seu corpo está pingando água, seus cabelos grudados na testa, você destranca a porta do banheiro e vai.

Você caminha devagar como uma taturana, você deveria estar correndo, deveria estar com pressa, você nem se enxugou. Mas ali, no meio do corredor, quase na linha em que começa o chão do quarto da sua mãe, você se sente um garoto de nove ou de treze. Você tem vinte e dois anos e se formou em economia, você nem tem certeza de que o Carlos Augusto tinha uma cicatriz, você está com medo.

Você finalmente entra no quarto da sua mãe e o abajur está aceso. Você olha o vidro de Vick Vaporub na mesinha, um copo de água pela metade, uma caneta Bic quase sem carga, três moedas de um real, o terço cor-de-rosa enrolado no pé de Nossa Senhora das Graças (você sabe o nome dos santos, você fez catecismo).

Então você vê: sua mãe morrendo de olhos fechados e dizendo: socorro.

Você se senta na beirada da cama e fala: mãe, colocando sua mãe esquerda no braço dela, você é canhoto. Sua mãe não abre os olhos, continua pedindo socorro de olhos fechados e você não sabe se ela está morrendo acordada ou se está morrendo dormindo, você não sabe se ela quer ser socorrida da morte ou da vida. A única coisa que você sabe é que agora, ó, babau.

Você poderia ligar para o seu pai e gritar para ele voltar: volta agora que a mãe tá morrendo. Você poderia pegar sua mãe no colo (ela não pesa mais do que cinquenta quilos) e levá-la para o hospital, são três quarteirões. Você poderia voltar para o seu quarto e colocar um episódio da sua série preferida no volume máximo e esperar que sua mãe morra sozinha.

Mas o que você faz é levar sua mão esquerda até o rosto da sua mãe. Você faz um carinho desajeitado pela falta de costume e você diz de novo: mãe, mas com outra entonação. E desta vez ela abre os olhos e são quase tão escuros quanto os olhos de ameixa da vizinha grávida.

Com o polegar e o indicador em pinça você obstrui as narinas da sua mãe, com o resto dos dedos você tapa a boca. Os olhos da sua mãe estão muito abertos e ela luta com os braços e com as pernas para que você a deixe respirar, ela jogou o cobertor longe tentando te acertar um chute. Agora que está morrendo de verdade, sua mãe não quer morrer de jeito nenhum, ela tenta agarrar seu pescoço, os olhos muito abertos, Nossa Senhora das Graças vendo tudo.

Você reprime o corpo dela com seu próprio corpo, não é difícil, ela não pesa mais do que cinquenta quilos, não consegue mais comer a macarronada, o filé de frango, a carne moída, não consegue mais tomar banho, assistir televisão, fazer limonada com gelo, não consegue mais ir até a padaria e dizer me dá cem gramas de pão de queijo, ela não consegue mais pedir socorro.

Sua mãe está morta e uma baba transparente vaza do canto da boca. É nojento, mas também é estranho, triste e bonito. Você sente uma vontade insuportável de chorar, uma pelota cresce na sua garganta como uma massa de pão debaixo do pano em um dia de janeiro. Você não tem para quem dizer que precisa ir embora, que sua mãe avisou que tem almoço na casa da sua avó. Sua avó morreu há oito anos e sua mãe há menos de um minuto.

Você limpa o fio de baba com as costas da mão esquerda, enxuga nos shorts. Os olhos da sua mãe continuam abertos e você nunca viu íris tão escuras, duas ameixas-passas arregaladas. Então você se lembra. O menino que morava do lado de lá da sorveteria se chamava Caio Alessandro e tinha uma cicatriz em forma de u no meio do queixo, era branca.

Luana ou Carla ou Fernanda

Da primeira vez não foi de propósito, juro. Passei pelo quinto andar e a velha que pendura pano de prato na janela não estava lá. O binóculo um pouco pra cima e eu vi. Ela fuma cigarro de filtro branco, bate as cinzas na palma da mão, fecha os olhos e franze a testa quando traga. Quinta janela da esquerda pra direita, sétimo andar. Apagou o cigarro no parapeito, as estrelinhas da brasa voaram, jogou a bituca e as cinzas que estavam na mão, bateu uma palma na outra pra limpar. O nome é Luana, mas não tenho certeza.

(terça, nove da noite)

Ela deve ter se mudado há pouco tempo. Ou então começou a fumar agora. Tirando a velha dos panos de prato, ninguém fica na janela se não está fumando. Passei o dia no binóculo. Ela fumou nove cigarros: bateu as cinzas na mão esquerda, apagou na janela, jogou tudo fora, uma única palma pra acabar de limpar as mãos. Não comi nada o dia inteiro. Vejo pequenas estrelas quando pisco, igual às brasas do cigarro apagado na janela. Quando era criança, sonhei que era um polvo e tinha muitos olhos, em cada olho passava um filme diferente e eu tentava me concentrar no filme em que aparecia o moço do karatê, mas os outros olhos me distraíam e eu chorava por todos, menos pelo que passava o filme do karatê.

(segunda, 14:22)

Faz dois dias que ela não aparece. Eu trouxe pra cá um pacote de bolacha de maisena, um saco de amendoim torrado, este caderno, uma garrafa de água. Tenho medo de que ela tenha morrido. Estou pensando em trazer um balde pra quando quiser mijar. O nome dela é Carla e eu estou apaixonado como alguém que só tem um pacote de bolacha de maisena pela metade, um saco vazio de amendoim, um caderno com letra feia, dois dedos de água na garrafa e nenhum balde pra mijar.

(23 de outubro)

(foto: Pedro Abude)

O telefone tocou tanto que parou de tocar. Devia ser minha mãe. Ela já depositou o dinheiro do mês e quer saber se preciso de mais alguma coisa, se tenho saído pra dar uma caminhada, conhecido alguém, um moço bonito desses, não é possível que não tem nenhuma moça interessada. Não, mãe, não tem, o nome dela é Fernanda e ela nunca mais apareceu na janela. Pode ser que eu comece a fumar também, cigarro de filtro branco, e trague forte até a brasa ficar parecendo uma lança. Uma vez meu pai me levou no circo e comprou pirulito de chupeta e pipoca doce. Tinha um palhaço chamado Sapequinha, que parecia com meu tio Ernesto, eu disse isso pro meu pai e ele falou: é, até que parece sim, os olhos. Se o palhaço Sapequinha estiver vivo, deve ser um velho de oitenta anos e eu fico pensando se ainda teria graça.

(sábado)

Amarrei uma colcha laranja na janela, prendi no suporte de cortina com prendedor de roupa. Faz dois dias que não olho. Guardei o binóculo em cima do armário, torci o pé quando descia a escadinha. Está inchado e um pouco azul. Não me lembro da cor do cabelo dela, talvez seja azul. Minha mãe tocou a campainha por quarenta minutos, disse que ia chamar a polícia se eu não abrisse, e o seu Onofre da portaria falou que ia arrombar, sua mãe está aqui, rapaz, não tem dó dela, não? Minha mãe colocou a mão na minha testa assim que abri a porta, igual quando eu era criança e ficava muito quieto. Eu sempre ficava muito quieto quando era criança, ainda assim ela achava que era febre. Minha mãe pegou um saco de lixo e foi enchendo de jornal velho, pacote vazio de bolacha, papel higiênico sujo de porra. Ela falou: onde já se viu um pano horroroso desses fazendo de cortina?, e arrancou a colcha presa com prendedor de roupa. Ainda bem que eu estava de calças e ela não viu meu tornozelo inchado. Minha mãe foi embora dizendo que vai encomendar uma cortina de voal. Eu não sei o que é voal, mas deve ser bonito igual uma borboleta viva.

(dez da noite)

Sonhei que crescia uma onda enorme, de repente uma boca vermelha. O mar engolia a minha mãe com casca e tudo. Talvez eu suba no armário pra pegar o binóculo de volta.

(domingo, 23:51)

Se eu quebrar o binóculo, nunca mais vou ver a moça que fuma cigarro de filtro branco e que se chama Luana de alguma coisa, pode ser Luana de Oliveira ou Luana Souza. Eu tinha uma prima que se chamava Olinda e era muito feia, e eu achava muito engraçado isso, dela ser tão feia e se chamar um nome que é quase linda. Se a Luana se chamasse Olinda não ia ter nenhuma graça, porque ela é bonita como os sequilhos de coco que minha mãe fazia no natal. Se eu quebrar o binóculo, nunca mais vou ver nada na vida.

(segunda-feira, final da tarde)

Peguei o martelo pra quebrar o binóculo, não tive coragem. Quem me deu foi meu tio Ernesto, que parecia o palhaço Sapequinha. Meu tio Ernesto morreu em 1996, três anos depois de me dar o binóculo de presente de amigo-secreto. Ele tinha um Monza vermelho e entrou debaixo de um caminhão enquanto dirigia a 140 quilômetros por hora, foi o que disse a perícia, e é por isso que minha mãe nunca me deixou tirar carta. Eu tive uma namorada no terceiro colegial. Não me lembro do nome dela, era um nome difícil, desses estrangeiros, mas talvez fosse Bruna. Ela usava moletom e calça jeans mesmo nos dias de calor, tinha uma penugem em cima da boca e era gostoso beijar sentindo os pelinhos. Uma vez ela me pediu pra colocar a mão dentro da calça dela, abriu o botão e falou pega, pode pegar. E eu coloquei a mão no escuro que era a calça e parecia que ia queimar de tão quente. Depois que eu tirei minha mão de lá, ficou com cheiro de vinagre. Minha mãe nunca tempera salada com vinagre, diz que dá azia e por isso na minha casa nunca teve vinagre, e talvez eu compre da próxima vez em que for no mercado, juro.

(talvez seja quarta)

(foto: Pedro Abude)

Eu nunca me masturbei pensando nela que se chama Luana ou Carla ou Fernanda. Já pensei na Xuxa, na Sandy, na Hebe Camargo, na velha dos panos de prato, mas nela não. Minha mãe me levou num psicólogo quando eu tinha quinze anos. Ele falou que uma vez por mês eu devia fazer alguma coisa que nunca fiz na vida. Eu nunca fumei crack, nunca bati punheta pensando na Luana ou Carla ou Fernanda, nunca comi bolacha de maisena com requeijão. Mais tarde vou descer no mercadinho, compro maçã, miojo, pão de forma, chocolate, vinagre e requeijão. Meu tornozelo continua inchado e azul. Talvez eu passe na farmácia e pegue um anti-inflamatório e uma bisnaga de Gelol. Uma vez me masturbei pensando no menino da propaganda do Gelol. Eu tinha treze anos e nunca tinha fumado crack. Eu tenho trinta e sete anos e nunca fumei crack. A janela está aberta, mas eu não olho. Pode ser que ela tenha pulado e eu não sei se dá pra morrer caindo do sétimo andar.

(hoje é sexta-feira, três e pouco da tarde)

Guardei as compras no armário da cozinha, abri uma barra de Suflair, comi devagar. Comprei um maço de Derby branco e um isqueiro laranja, da cor da colcha que minha mãe arrancou. Não sei fumar. Tossi muito, achei que fosse morrer, mesmo assim fumei três cigarros até o final, batendo as cinzas na mão esquerda, apagando no parapeito da janela. Tomei banho e fiz a barba. Se minha mãe chegasse agora, diria, aí sim, um homem de respeito, gente porca se dá mal na vida, e deve ser isso, exatamente isso. Meu tornozelo está melhor, o moço da farmácia receitou Diclofenaco, disse que é tiro e queda. Eu nunca atirei na vida. Nunca nem peguei numa arma. Queria sonhar que estou me afogando em um mar com muitas portas. Talvez eu pegue o binóculo de volta.

(ainda é o mesmo dia que ontem, tem enfeite de natal na portaria do prédio)

Estou na janela há não sei quantos dias e ela nunca mais fumou. Talvez ela tenha parado pra sempre, usando aqueles adesivos que soltam nicotina. Ou talvez tenha se afogado, ou se mudado pra Limeira, ou esteja morrendo esmagada debaixo de um caminhão de gás. A mulher do meu tio Ernesto foi morar em Limeira depois que ficou viúva, abriu uma loja de produtos pra aquário e se casou com um japonês chamado Shun. Hoje é sábado, eu acho. Vou descer no mercado pra comprar papel higiênico e azeitona. Antes vou quebrar o binóculo com o martelo da caixa de ferramentas. Meu tio Ernesto me deu a caixa de ferramentas quando eu fiz doze anos. Vou quebrar o binóculo que meu tio Ernesto me deu com o martelo da caixa de ferramentas que meu tio Ernesto meu deu. Quando descer pra ir no mercado, vou passar na padaria e comprar mortadela e três carolinas de chocolate. O nome dela nunca vai ser Carolina, porque é Luana. Mas talvez seja Carla ou pode ser Fernanda.

(domingo, 19 de setembro, nove e trinta e sete da manhã)

(foto: Pedro Abude)

Eu peguei o caso no meio, quando assumi essa DP a investigação já tava andando e tal. O outro titular, vou te dizer, braço curto pra caralho, tinha um monte de coisa que podia ter feito e não fez. Podia ter pressionado o rapaz, dava uma prensa, queria ver se não falava, se não contava direitinho, o jeito que pegou a moça, que estuprou sei lá quantas vezes. Olha aí na 119, pode olhar aí, é o necroscópico dela, procura a parte do ânus, que tá falando de vestígio de crime sexual. Achou? Ânus dilacerado, tá vendo? Dilacerado. Que mulher que dá o cu pra ficar com o ânus dilacerado? Mentira, o cara é um filho da puta de um mentiroso. Delegado frouxo é uma merda. Pô, o cara é delegado, lê um troço desses de ânus dilacerado e acredita na história do sujeito, de que conheceu a mulher no bar, tomaram umas biritas, foram pra casa dele, a mulher ficou lá dois dias, fizeram sexo de tudo quanto é jeito, tudo consensual, daí começaram a brigar, ela pegou uma faca, ele deu um mata-leão nela pra desarmar, não mediu a força e ela morreu. Pro inferno. Olha aí na 23, a foto do cara. É, esse mesmo. Um retardado, olha a cara de retardado, repara no olhar, olha bem a parte do olho. Agora eu vou te contar o que aconteceu, sabe o que aconteceu de verdade? Esse sujeito aí nunca deve ter trepado com mulher nenhuma, nunca na vida. Devia ter um tesão de comer mulher que não cabia nele. Daí ele conheceu a vítima. Não era nenhuma Maitê Proença, mas pra ele servia, olha aí na 11. É, tem uma foto dela viva, eu sei esse inquérito de cor, cada página, tô te falando, quando assumo um caso é pra valer. Essa aí, dá uma boa olhada. Pensa no cara conhecendo ela, num barzinho, lanchonete, na rua, sei lá. Não sei como ele conseguiu convencer ela de ir pra casa dele, deve ter a ver com grana, sempre tem grana no meio e o cara não era um pé rapado qualquer, tem um extrato da conta, 12.329, não é nenhum dinheiro de troco. Ela sim era uma zé ninguém, cuidava de um velho no prédio da frente. Pensa nela saindo do trabalho, esperando no ponto de ônibus, ou então tomando uma vitamina na padaria antes de ir pra casa. O sujeito chega, não é bonito, não tá bem vestido, tem cara de louco, mas ela percebe que tem grana, porque ele convida pra comer uma pizza, na hora de pagar abre a carteira e ela vê que ele tem um cartão diferente, preto, dourado, sei lá, um cartão que não é igual ao dela da Caixa Econômica Federal e ela pensa: esse cara aí tem grana. Daí ele convida pra subir na casa dele e ela aceita, ela sabe o que vai rolar, não tô dizendo que ela não sabia, que foi lá de ingênua, que não tinha ideia de que o cara tava a fim de sexo. Ela vai sabendo o que o cara quer e ela também quer, mas é claro que o que ela quer de verdade não é transar, você viu a foto do sujeito, é desses que não tomam nem banho direito. Mas ela vai porque tá disposta a pagar o preço, quem sabe começam a namorar, o cara dá presente, compra roupa nova, banca o silicone que ela tem sonho de botar, paga o gás que tá atrasado, faz um mercado. Não, não, isso do silicone eu tô falando como um palpite, hipótese. Isso você precisa aprender, a gente vai trabalhando com hipótese, vai criando hipótese e daí a verdade aparece. Eu te chamei pra trabalhar nesse caso comigo porque você tem potencial, eu vejo, tem interesse na investigação, quer saber direitinho o que é que aconteceu. O titular de antes queria era relatar o inquérito e mandar embora. É desses que colhem depoimento, juntam o necroscópico e pau, mandam relatado pro promotor. Comigo não. Olha, esse é um caso que eu tenho interesse em concluir logo, já pedi prorrogação duas vezes, mídia em cima. É, pode não parecer, mas é um caso que deu mídia, tô te falando. A moça era uma qualquer, babá de velho e tal, mas esse negócio de vítima mulher tá na moda, morreu mulher o jornal tá em cima, a TV tá em cima. Eu podia lavar as mãos, cheguei aqui com a investigação já andando, o inquérito tava praticamente relatado, eu podia concluir e pronto, jogava a imprensa pra cima do promotor. Mas não. Não consigo, vou te falar que se fizer uma dessas eu nem durmo, sou capaz de não dormir. Eu fico pensando no caso sem parar, pode perguntar qualquer folha do inquérito que eu te falo o que é. Isso de criar hipótese, você tem que ter muita intimidade com o caso pra criar hipótese, saber tudo o que tá aí e também o que não tá. Dá uma olhada na 122, depois do necroscópico. É, as fotos do cadáver. A mulher não tinha peito nenhum, parecia homem. É uma boa hipótese pensar que ela tinha vontade de botar silicone, não tinha dinheiro e tal, conhece um sujeito fedido e com cara de louco, mas que tem 12.329 na conta. Então ela pensa, é aí que eu vou me dar bem, vou subir com o sujeito, de repente a gente começa a namorar, ele vai me dando as coisas, caixa de bombom da Cacau Show, correntinha de santo, blusa nova e opa, uma cirurgia de silicone. Mas o que essa mulher pensa é que pra conseguir tudo isso vai ter que fazer um papai e mamãe de luz apagada, no máximo uma chupada, o sujeito é tímido, nem olha no olho quando conversa, fica vermelho quando ela cochicha um troço no ouvido dele. Mas daí, quando chega no apartamento, o sujeito se transforma, vira outro, arregala o olho e não quer papai e mamãe não, porque é um cara que passou a vida sem nada e agora ele tem tudo ali, boca, buceta, cu. Você me desculpa falar assim, mas a polícia tem que parar com essa maricagem de nome técnico pra tudo. A mulher teve hemorragia interna, tava com o cu arrebentado, tinha marca de mordida no corpo inteiro, hematoma e o escambau. Tá na cara que o sujeito ficou maluco quando viu que tava sozinho com ela, estuprou de tudo quanto é jeito, e quando não aguentava mais gozar, deu um mata-leão bem dado e ela nem deve ter tido reação, porque o corpo tava fraco. Você imagina uma mulher depois de um ritual desses?, quarenta e oito horas de sexo forçado num corpo de 62 quilos, tá no necroscópico, 62 quilos.

E no começo ela deve ter reagido, falado: para com isso, seu filho da puta, tá me machucando, não quero mais, vou embora pra minha casa, mas aí ele deve ter dado um puxão de cabelo, um soco, o cara tem um metro e oitenta e três, noventa quilos e estuprou uma, duas, três, vinte, sabe lá quantas. Quarenta e oito horas, quarenta e oito. Você tem noção da quantidade de esperma que tinha no corpo dessa mulher?, dá uma olhada aí, terceiro parágrafo da 120. Tinha sêmen no ouvido dela. É, isso aí, no ouvido. E quando fala ouvido, é ouvido mesmo, não é orelha. Tinha porra no canal auditivo da moça e vai me dizer que foi consentido? E aí o delegado de antes relata que: "ao que parece, houve sexo consentido seguido de luta corporal, sendo que a vítima morreu em consequência de um golpe desferido pelo indiciado". Pro inferno, se não for má-fé é muita ingenuidade. Depois de amanhã é meu prazo, eu tô louco pra acabar esse troço, tocar minha vida. Eu tenho mulher, filha. Minha mulher tá puta comigo por conta desse caso, faz uma semana que eu praticamente não volto pra casa, minha filha vai fazer sete anos mês que vem, cara, sete. Eu cresci sem pai e sei o que é isso, não dá pra ficar pirado com cada caso que aparece, não dormir. O certo era eu chegar aqui oito da manhã, trabalhar direitinho, seis horas ir pra casa, brincar de Lego com minha filha, ela é louca por Lego, natal, aniversário, dia da criança, só pede isso. Mas daí me aparece um caso desses e eu desmonto. Mesmo nome da minha filha, acredita? Maria Carolina. Cada vez que leio o nome da vítima no necroscópico me dá um negócio, tenho vontade arrebentar o animal que fez isso. É o preço de viver em sociedade, não dá pra arrebentar um cara desses, mas dá pra relatar o inquérito direitinho, juntar as peças que nem se fosse Lego, mandar pro promotor o troço bem feito e esperar o cara ir pra júri tomar vinte, trinta anos na cabeça. Você viu as fotos da 56? Papel queimado. Ninguém sabe que porra é essa, já foi pro grafotécnico e tudo, viram que a letra é mesmo do cara, mas não dá pra ler quase nada, aí embaixo tão as palavras que eles conseguiram identificar: polvo, karatê, vinagre, chupeta, peguei, mijar, circo, Gelol, mãe, crack, lente. Vai saber que diabo é isso, e eu vou te falar que eu tô encafifado com essas palavras. Tô convencido de que a chave tá nesse papel queimado. Por que é que o cara queimaria os papéis depois de matar a mulher se não fosse alguma coisa que colocasse o dele na reta? Aí fala que o cara ligou pro SAMU às sete e vinte e oito, a hora da morte foi entre cinco e sete. Ou seja, o cara teve tempo, teve pelo menos vinte e oito minutos pra fazer o que quisesse, inclusive vestir a vítima, limpar o sêmen do corpo, jogar fora o que quer que fosse. E qual a única coisa que ele faz? Queimou a porra de uns papéis e nem teve a competência pra queimar direito. E por que não queimou as fotos? Essas daí que tão grampeadas logo em seguida, 58, 59 e 60. A primeira é a foto do prédio do velho, o senhor que a vítima cuidava. Pra você ver, eu evito chamar ela pelo nome, tô cansado de saber que é Maria Carolina e tal, mas não consigo, o nome da minha filha, cara, o desgraçado matou uma mulher com o nome da minha filha. O cara tirou uma foto da fachada do prédio que ela trabalhava e pelo ângulo concluíram que foi tirada do apartamento dele. Tenho certeza que ele tava espionando, o mundo tá cheio desses obcecados. Acharam um binóculo na casa dele. Essa foto aí que a vítima tá de costas ninguém sabe onde foi tirada, já foi pra perícia e não foi na casa do cara, nem do velho que ela cuidava, parece um prédio abandonado. E o mais engraçado é que atrás da foto está escrito: "Luana ou Carla ou Fernanda". Agora me diz, que porra é essa? Quem é Luana ou Carla ou Fernanda? E a letra é do cara, foi pro grafotécnico e tudo. Agora, por que ele escreveu atrás da foto um nome que não é o dela? Aliás, um não, três. E por que ela deu a foto pra ele? E se ela não deu, como é que ele conseguiu? É bom pra você ir pegando o espírito da coisa, você entrou na polícia faz o que, três anos? Então, você já deve ter sacado que um bom investigador antecipa a jogada. É que nem xadrez, o jogador tem que tá um passo na frente do adversário, tem que planejar seu jogo com base nas jogadas que o outro ainda nem fez. A última foto ninguém sabe. É uma praia, umas casas, tá aí, olha aí na 60 pra você ver. Eu não tenho ideia da ligação dessa foto com o caso. Também já foi pra perícia, tentaram identificar a praia pra ver se tinha alguma relação com o cara ou com a vítima e nada. A foto tá grampeada, mas embaixo tem escrito o que tava atrás dela, uma data, coisa bem louca, o cara colocou uma data que ainda nem foi, escreveu 13/12/2034, lembrança de uma manhã do futuro. O cara é doido ou não é? Sei não se o processo não acaba em incidente, que porra é essa de lembrança do futuro e o que tudo isso tem a ver com o caso? As três fotos tavam juntas, foram encontradas numa pasta, junto com uma embalagem vazia de bolacha, dois parafusos, um prendedor de roupa, um maço de cigarro na metade, um isqueiro, um grampo de cabelo e uma passagem de ônibus de São Paulo pra Santiago do Chile, acredita? Juro, esse é um caso pra dar nó na cabeça de qualquer um. Tenho aqui pra mim que ele tava planejando fugir, estuprar a mulher, matar e depois fugir. Mas se for isso, por que então ligar pro SAMU, ficar lá esperando do lado do corpo, tem aí, 48, 49, os depoimentos dos dois socorristas que chegaram, aí fala que encontraram o suspeito abraçado ao corpo da vítima, que ele chorava e dizia: eu não queria, eu não queria, eu não queria. Não queria, mas fez. Arrebentou a Maria Carolina de tudo quanto é jeito. Maria Carolina, cara. Podia ter matado uma Maria Cristina, uma Maria de Fátima, Maria do Rosário, ou então Luana, Carla, Fernanda, sei lá que porra ele escreveu atrás da foto, mas o cara vai lá e me mata uma Maria Carolina. Tô pensando em interrogar mais uma vez, rasgar o que tá aí, quem é que vai desconfiar que a gente deu fim no interrogatório? Promotor só lê quando tá relatado, antes disso só bate o carimbo de concordância de prazo e nem lê nada. Ah, você acha mesmo que o outro delegado vai conferir o inquérito pra ver se o interrogatório que ele fez tá aqui? Vai nada, o cara saiu chutado, tá com procedimento disciplinar e tudo, parece que pediu dinheiro num caso de caça-níquel, tá até afastado. Ninguém vai saber. A gente rasga esse e pede pra apresentarem o cara. Vai lá e pergunta pro Dirceu se ainda tem a salinha, eu passei por essa DP antes de virar titular, na época do Lúcio Tino, o cara era uma lenda na polícia, por isso que eu sei da salinha. Quero ver se ele não fala, se não conta direitinho onde é que entra o polvo, o karatê, o vinagre, a chupeta, o mijo, o circo, o Gelol, o crack, a lente. Tô te falando, eu arranco a história dele nem se for na marra e ainda descubro onde é essa praia aí. Aliás, já te aviso que relatando esse caso vou tirar três dias, prometi pra minha mulher três dias em São Vicente depois disso. Vai ligando lá no CDP pra pedir pra apresentarem o cara, vou adiantando a requisição aqui, quero interrogar ainda hoje, fala pro Dirceu preparar a salinha no capricho.

Diário de um inimigo

Dia 1

Acordei e a Rosa já tinha saído pro trabalho. Ela tá puta comigo por conta da história da Ana Laura. Eu falei que era mentira e ela não acreditou. Acreditou na mentira que contaram, e quando a gente acredita numa mentira, ela vira verdade. Pra Rosa, eu ter um caso com a Ana Laura é uma verdade, mesmo sendo mentira. Não vou fazer nada hoje, vou fingir que é feriado. Ser feriado hoje vai ser a minha verdade. Tenho que entregar as planilhas preenchidas em quatro dias e não tenho nenhuma vontade de trabalhar, ainda mais com essa merda toda. Essa merda toda e a Rosa acreditando que eu tenho um caso com a Ana Laura. Imagina se eu ia ter algum interesse na Ana Laura, se a Rosa me conhecesse de verdade ia saber que a Ana Laura não é meu tipo, eu não gosto de mulher magra. Mas a Rosa admitir isso é admitir que é gorda, que eu gosto dela porque ela é gorda. Se eu fosse diferente você estaria comigo? Foi o que a Rosa me perguntou uma vez. Diferente como? Ah, se eu fosse loira ou se eu fosse magra. Provavelmente não. Respondi que sim, até se você fosse azul.

Dia 4

Hoje essa merda toda piorou muito porque o cara apareceu em rede nacional dizendo que é uma revolução. O filho da puta disse que essa merda toda é uma revolução. Ele fala revolução bem rápido, comendo a letra final, fica parecendo que ele falou "revoluçã". A Rosa tá me ignorando. Tentei explicar pra ela o lance da mentira, que se a gente acreditar na mentira, vira verdade. Ela achou que era uma confissão de culpa. Me chamou de "seu filho de uma puta desgraçado" e jogou a caneta que estava em cima da mesa em minha direção. Na mesa também tinha um porta-lápis de madeira, um laptop e um vaso. A Rosa escolheu a caneta. Talvez a gente tenha alguma chance.

Dia 5

Meu chefe mandou um e-mail dizendo que se eu não entregar as quarenta e cinco planilhas até as sete da noite, estou demitido e vou ter que devolver o adiantamento. O problema é que o adiantamento já virou comida chinesa do delivery, internet, aluguel, uma caixa de bombom pra Rosa, remédio de colesterol, dois fardos de cerveja. O preço das coisas tá pela hora da morte. Pela hora da morte. E tudo por conta desse filho da puta que agora aparece na televisão todo dia. Eu deixo a televisão ligada o tempo todo, só pra ter alguém falando. A Rosa me mandou um e-mail com o título: "acabou tudo". Abri e não tem nada dentro. Tentei conversar e ela finge que eu não existo. Ontem de madrugada escutei um choro, ela estava na sala com um pacote gigante de Doritos. Quando essa merda toda começou, a Rosa tinha falado da gente sair do país, morar, sei lá, no Uruguai, o que você acha da gente morar no Uruguai? Mas isso foi antes da história da Ana Laura. Não sei se a Rosa chorava por conta da Ana Laura ou dessa merda toda. Fiquei com vontade de abraçar ela e falar que a gente podia ir embora pra qualquer lugar, Uruguai, Paraguai, Nova Zelândia, se você quiser vou até pra Nova Zelândia com você. Não abracei, mas perguntei se ela estava bem, cê tá bem? Ela não levantou o rosto do pacote de Doritos quando respondeu, um bigode de farelo laranja: sai daqui.

Dia 7

Perguntei pra Rosa se ela queria se casar comigo. Ela sempre quis se casar e eu não. Eu achava brega isso de casar, eu acho brega isso de casar. Ela respondeu que tá saindo de casa, que vai voltar pra casa da mãe em Minas, quer ficar longe de mim e dessa merda toda. Eu falei pra ela que essa merda toda não está só aqui, tá no país inteiro. Mas você tá só aqui. Foi o que ela me respondeu. Eu queria descobrir quem foi que falou pra ela essa história da Ana Laura. Um beijo. Na porta do banheiro do bar. Foi só um beijo.

E mesmo assim mal dado, praticamente sem língua, um beijo tão rápido e tão torto que nem devia ser considerado beijo. Alguém me viu na porta do banheiro do bar beijando a Ana Laura. Quem? Estão falando que por causa dessa merda toda, agora todo mundo vai ser vigiado, que os aplicativos de celular vão ter uma espécie de gravador, que vão ouvir tudo o que a gente fala, que dependendo da conversa, você pode ser considerado inimigo da revolução. Da "revoluçã". Dizem que tem gente sendo presa, a família procura e não acha. É por isso que estou escrevendo, porque ainda não inventaram um aplicativo capaz de ler letra de mão, ainda mais a minha que é horrorosa. E estou caprichando pra ficar realmente feia, pra que robô nenhum seja capaz de ler, pra eu não ter risco de ser preso, sumir, de nunca mais aparecer, e agora que a Rosa está indo embora, quem é que ia me procurar? Eu seria capaz de me casar com a Rosa, juro que seria, ir embora pra Suécia, um frio desgraçado, um amigo de faculdade fez intercâmbio na Suécia, disse que é um frio desgraçado.

Dia 10

A Rosa já arrumou as malas, tá tudo na porta. Três malas de roupa, quatro sacolas de mercado, o abajur que era da tia-avó dela, um regador, um saco de livros. Só. Ela falou que não quer mais nada, que de mim não quer mais nada. Um beijo, eu disse. Foi só um beijo desses bem mais ou menos, na porta no banheiro do bar. E o que vocês tavam fazendo na porta do banheiro, hein? Não adiantou eu falar que tava na fila do masculino e a Ana Laura na do feminino, porque ela disse que banheiro masculino não tem fila. Banheiro masculino nunca tem fila, seu filho de uma puta de um mentiroso, eu tô indo embora, cansei dessa merda. Não sei se essa merda é essa merda toda ou a merda que ela acha que eu fiz, mas eu não fiz. O filho da puta continua aparecendo na televisão. Eu devia desligar a televisão, jogar o celular na privada, cagar em cima, ir embora pra Tegucigalpa, onde fica mesmo Tegucigalpa?

Dia 16

Faz cinco dias em média que a Rosa foi embora e eu só sei porque o presunto mofou. Procurei na internet: "quanto tempo demora para mofar um presunto". Cinco dias em média. Então a Rosa pode ter ido embora há cinco, quatro ou seis dias. Tirei as bordas verdes e comi. O filho da puta tá dizendo na TV que agora todo mundo tem que fazer um tal cadastro. CNPB. Cadastro Nacional de Pessoa de Bem. O filho da puta disse que todo mundo tem que fazer, mesmo se você não for uma pessoa de bem, quem não fizer vai sofrer as consequências da lei. Eu odeio a lei. Eu tenho medo da lei. Eu queria que a lei não existisse. Eu queria que a Rosa voltasse.

Dia 21

Ontem fui fazer o meu cadastro de pessoa de bem. Agora eu tenho uma carteirinha com a minha foto e um número. Disseram que eu não posso esquecer o número de jeito nenhum: 144TY-3589013CP. Mas tem letra. Foi o que eu falei pra moça do guichê. Quê? A senhora falou que eu não posso esquecer meu número, mas meu número tem letra. Ela estava mascando um chiclete verde, dava pra ver porque abria bem a boca entre uma mascada e outra. Não falou nada, assoou o nariz e disse: próximo. Respondi tudo "não". Pra fazer o cadastro tinha que responder cinquenta e quatro perguntas. Embaixo de cada uma delas tinha um quadradinho com "sim" e outro com "não". Não li as perguntas. Fiz um X em cada "não". Meu chefe me mandou um e-mail dizendo que é meu ex-chefe e que tenho até dia trinta pra devolver o adiantamento. Ainda tem três latas de cerveja na geladeira. A TV continua ligada. Mandei um e-mail pra Rosa, mas ela não respondeu. O celular só cai na caixa. Estão dizendo que eles ouvem tudo o que a gente fala. Eu não falo quase nada. Hoje falei "passa no débito" pra mulher da padaria. Comprei um pão francês e um sonho.

Dia 27

Faz cinco dias que não escuto a voz de ninguém. Só da televisão. Agora além do filho da puta falando "revoluçã", tem uns outros programas. Ontem tinha uma moça ensinando carne de panela na cerveja. O quilo do músculo tá quarenta e nove. Quarenta e nove. Só tem mais uma latinha. Preciso urgente arrumar um trabalho. Mês que vem não tem nem pro aluguel. Um pastor falou na televisão que o fim está próximo. Tomara. Disse que só as pessoas de bem vão se salvar. Eu não sei se sou uma pessoa de bem. Meu número é 144TY3589013CP. Tem letra. Tomei um banho de meia hora. Quando voltei, o filho da puta estava dizendo que quem não fez o cadastro pode pegar uma pena de dois a cinco anos. Faz cinco anos que eu só escuto a voz da televisão.

Dia 29

Hoje fui no mercado. Comprei um pacote de arroz, um de feijão, uma vela de sete dias, três latas de molho de tomate, dois litros de óleo, um saco de milho de pipoca, um pacote com doze rolos de papel higiênico do mais barato, meio quilo de cebola, três fardos de Itaipava, uma calabresa, um chocolate, uma pasta de dente, uma caixa de sabão em pó, dois fósforos, quatro pacotes de bolacha de maisena, três Tangs de uva, uma bandeja de sobrecoxa, um saco de maçã Turma da Mônica, um mamão formosa, meio quilo de carne moída de segunda, um maço de alface, três latas de atum, um pacote de batata frita e um xampu anticaspa. Deu quatrocentos e oitenta e sete e oitenta. Passa no débito, eu falei pra mulher do caixa. Quando o papel saiu da maquininha eu pensei: ufa.

Dia 34

Preciso arrumar um trabalho urgente. Urgente. Mandei meu currículo pra trocentas empresas. Coloquei o carro pra vender. Tô pedindo dezenove mil. Se pagarem dezoito eu aceito. Até dezessete, quinze. Todo dia eu ligo pra Rosa. Todo dia cai na caixa postal. Estou com caspa. Coço a cabeça e debaixo das minhas unhas fica um sebo branco. Ainda não usei o xampu. Preciso usar urgente. Preciso desligar a TV urgente. Saiu o cadastro nacional dos inimigos da revolução. Da "revoluçã". Tá toda hora passando na televisão. Uma moça de cabelo com gel aparece dizendo: consulte seu número, caso você esteja na lista dos inimigos da revolução, se apresente no posto de polícia mais próximo, evite o constrangimento de ser preso na frente de sua família. Eu não tenho família. Tinha um irmão que morreu de aneurisma. Faz sete anos. A mulher das receitas ensinou a fazer nhoque de mandioquinha. Ainda não tive coragem de procurar meu número no cadastro.

Dia 36

O xampu não funciona. Cai uma chuva de farelo branco quando eu balanço a cabeça. Entrei no site do banco pra olhar meu saldo. Dá pra três meses, sem contar aluguel. Procurei no Google quanto tempo demora pra uma pessoa ser despejada. Quanto tempo demora pra saber se você foi intoxicado por um presunto mofado. Quanto tempo pra vender um Celta 2009. Quanto tempo pra saber se uma mulher que foi embora não volta de jeito nenhum. Pensei em assistir um pornô. Desisti. Dizem que estão rastreando tudo o que você assiste na internet. Não sei se é inimigo da revolução quem assiste pornô. Queria que a Rosa estivesse aqui.

Dia 37

Hoje bateram na porta. Três batidas fortes. TUM TUM TUM. Achei que fosse a polícia. Achei que eu fosse ser preso e que nunca ninguém ia me achar. Que nunca ninguém ia me procurar. Era a dona Sônia do 802. Ele deve ter envelhecido uns trinta anos. Quantos aniversários a senhora fez no último mês, dona Sônia?

Não falei nada. Oi dona Sônia, a senhora precisa de alguma coisa? Ela respondeu: será que você e a Rosa poderiam me ajudar com um pouco de arroz, uma mistura, na semana que vem eu recebo a aposentadoria e devolvo. Não tem mais Rosa, dona Sônia, agora sou só eu. Não falei nada, falei que a Rosa tava no trabalho e que, claro, vou separar pacote de macarrão, uma lata de Pomarola, tem duas sobrecoxas que eu até já temperei, só assar, a senhora quer levar também uma cervejinha? Ela agradeceu o Pomarola, o macarrão, a sobrecoxa, ficou na dúvida da cerveja, mas recusou, obrigada, meu filho, imagina começar a beber na minha idade, Deus lhe pague, manda um abraço pra Rosa. Mando sim, dona Sônia, pode deixar que eu mando um abraço, que eu dou um abraço bem apertado, um abraço que vai demorar uns quinze minutos, umas duas horas, uns cinco anos. A moça da TV tá ensinando a fazer mousse de chocolate branco com limão. Se eu tivesse um limão, faria uma caipirinha. Vou comprar uma garrafa de 51 da próxima vez que eu for no mercado.

Dia 59

Liguei pra Rosa nove vezes e nada. Liguei pra Ana Laura. Ela atendeu no segundo toque. Depois de falar oi-tudo-bem-quanto-tempo, me perguntou de que lado eu estava. De que lado do quê? Da revolução, de que lado você está da revolução? A Ana Laura fala "revolução" bem devagar, enfatizando a letra final. Ouvir "revolução" em vez de "revoluçã" não me deixa mais calmo. A Ana Laura é magra e uma filha da puta, eu soube assim que ela chamou essa merda toda de revolução. Nunca que eu devia ter beijado a Ana Laura. Nunca que a Rosa devia ter ido embora. Nunca que eu devia ter dado as sobrecoxas pra dona Sônia, porque agora não tem quase nada e eu tô com medo de ser preso no caminho do mercado.

Dia 60

A filha da dona Amélia do 403 foi presa. Vieram aqui de arma e tudo, arrastaram a menina pelo corredor, enfiaram numa viatura. No meio da madrugada. Foi o porteiro que contou, desci pra ver se tinha correspondência e ele me falou. Quantos anos tem a menina? O porteiro não sabe, deve ter no máximo vinte.

Dia 66

De novo bateram na porta, TUM TUM TUM. Era a dona Sônia carregando uma sacola de mercado. Ela entrou e já foi sentando, tirando de dentro da sacola um pacote de macarrão parafuso, meio quilo de tomate, um fardo de cerveja, uma bandeja de contra, um bolo de fubá enrolado no pano de prato. O bolo fui eu que fiz, ainda tá quentinho. Fiquei com vontade de chorar, nossa, dona Sônia, precisava não, que isso, faz não sei quanto tempo que alguém não faz um bolo pra mim. Chorei. Não sei se a dona Sônia percebeu, acho que sim, porque começou a falar sem parar, do preço da carne, do tomate, da cerveja que ela não sabia a marca que eu gostava (tomo qualquer uma, dona Sônia), da fila que tava no mercado, dos policiais que agora ficam na porta dos lugares conferindo o CNPB de cada um, que porcaria tudo isso não? Tive vontade de abraçar a dona Sônia, contar pra ela toda verdade, que a Rosa foi embora, que eu não tenho nem pro aluguel, que respondi tudo "não" no cadastro. A dona Sônia chamar essa merda toda de *que porcaria tudo isso* é bom sinal. Ótimo sinal. A dona Sônia começou a lavar os tomates e a picar bem pequenininho, vou fazer um molho, um bom molho com tomate fresco, uma macarronada pra nós e fritar bife na manteiga, você tem manteiga? Eu não tenho nada, dona Sônia, não tenho manteiga e nem mulher. Respondi que só margarina. Ela não perguntou nada da Rosa, acho que sacou, começou a recolher a louça suja espalhada, dobrar o cobertor que estava no sofá, depois me perguntou onde tem prato, desembrulhou o bolo. Eu que bordei. O quê, dona Sônia? O pano de prato, eu que bordei. Ah. Tive vontade de perguntar pra dona Sônia se ela consultou o cadastro dela. Ela cortou uma fatia do bolo e me entregou, come, meu filho. Ela sabe. Certeza que sabe que a Rosa foi embora e que não vai voltar nunca mais. Dizem que é melhor deixar ligada, né? Olhei pra ela com cara de quem não estava entendendo, eu não estava entendendo. É o que falam por aí, que se deixar a televisão ligada vão achar que você está do lado deles. De novo a vontade de abraçar a dona Sônia, porque ela fala eles como uma coisa diferente de nós. A senhora consultou seu cadastro, dona Sônia? Claro, você não consultou o seu, meu filho? Fiz que não com a cabeça e ela me olhou como se eu fosse uma criança sem mãe, um marido abandonado pela mulher, um desempregado, uma pessoa prestes a ser despejada, a ser presa, a não ser encontrada por ninguém. Vamos olhar agora, meu filho. Não, dona Sônia, eu tenho medo. Não disse nada, obedeci quando ela me mandou mexer o molho pra não queimar, vai mexendo aí enquanto eu ligo o computador. E a dona Sônia pegou o laptop em cima da mesa e não jogou na minha direção, perguntou qual é a senha, qual é a senha, meu filho? A dona Sônia poderia ser minha mãe, ela tem idade pra ser minha mãe e me chama de meu filho, mas minha mãe nunca seria capaz de ligar um computador. Minha mãe morreu quando eu tinha catorze anos. Se minha mãe estivesse viva, será que ela seria uma inimiga da revolução?, será que faria bolo de fubá enrolado no pano de prato bordado?, será que bordaria pano de prato?, que teria gostado da Rosa?, que sentiria vergonha de ter um filho com caspa?, desempregado?, que deu um beijo mal dado num mulher magra e filha da puta na porta do banheiro de um bar? Peraí, que já tá entrando aqui no site, meu filho. Uma senhora de o quê?, setenta anos no mínimo, que borda pano de prato, que faz bolo de fubá, que tem idade pra ser minha mãe, digitando quase com a rapidez de uma adolescente. Onde a senhora aprendeu computação, dona Sônia? Eu perguntei sem parar de mexer o molho que grudava no fundo da panela. Meu neto mais velho, ele trabalha com computador, sabe? Morou comigo dois anos, não se dava com a mãe, me ensinou tudinho, agora ele se alistou e tá nem sei onde. Se alistou no quê, dona Sônia?, o molho cada vez mais grudando, eu tentando mexer mais rápido, um pingo de tomate fervendo na minha mão esquerda, ai. Você não sabe, meu filho?, do exército que tão formando pra proteger essa palhaçada aí? E eu entendi que *essa-palhaçada-aí* era *essa-merda-toda*, *essa-porcaria*, e o neto dela estava metido com essa gente. Agora quem chorava era a dona Sônia. Ele era um menino bom, meu filho, um menino bom, alguém fez a cabeça dele e ele começou a dizer essas coisas, isso de salvar o país, de ter ouvido um chamado de Deus dizendo que os inimigos estavam chegando, chegando de onde, eu perguntei pra ele, de todos os lados, vó, os inimigos estão chegando de todos os lados. A dona Sônia agora chorava muito e limpava a baba na manga do casaco. Parei de mexer o molho, peguei o pano de prato bordado e entreguei pra ela, toma, dona Sônia, pra senhora enxugar o rosto, chora não, logo ele cai na real e volta pra casa. Volta nada, meu filho, ninguém que vai embora volta. Eu sei, dona Sônia, eu sei. O site estava fora do ar. A dona Sônia disse que era comum, muita gente tentando consultar. Não fica preocupado não, meu filho, eu demorei uns quatro dias pra conseguir entrar no meu cadastro, amanhã eu volto e a gente procura de novo. E a dona Sônia devolveu o computador pra mesa, desligou o molho que tinha queimado no fundo, temperou os bifes, fritou na margarina, comemos na mesa da cozinha, cada um com sua lata de Itaipava, e não é que bom mesmo uma cervejinha com a comida, meu filho?

Dia 69

Faz dois dias que a dona Sônia ficou de aparecer. Ela disse: amanhã eu volto pra gente consultar de novo seu cadastro. E o amanhã já foi anteontem. Toquei a campainha dela e nada. Toquei ontem à tarde e hoje cedo. Vou tocar de novo daqui a pouco, e se ela não atender, fico com o dedo na campainha até ela abrir. Já comi todo o bolo de fubá. O pano de prato ficou aqui, tem um bordado de um gato e está escrito "segunda-feira". Hoje é sábado, mas também é segunda-feira. Agora todo dia vai ser segunda-feira.

Dia 75

Perguntei pro porteiro da dona Sônia, fingi que desci pra olhar a correspondência só pra perguntar. O porteiro tava cochilando, você sabe da dona Sônia? Que Sônia, a manicure do 101? Não, do 802, cabelo branco. Ah, a dona Sônia. Ela mudou, viu?, o neto veio buscar, um que morava aqui com ela, levou só uma mala, falou que depois alguém vem esvaziar o apartamento, vão botar pra vender, mas vende não, nessa crise ninguém tá comprando é nada, vai ficar aí que nem os outros, só aqui deve ter uns oito apartamentos assim, aquele que era do seu Olavo, ele tá pedindo trezentos e cinquenta, uma pechincha, e mesmo assim nada, não vende de jeito nenhum. Ela parecia feliz? Quem? A dona Sônia, quando ela foi embora com o neto, ela parecia feliz? Ah, eu não sei ver não se a pessoa tá feliz, tava com o neto, ele carregando a mala dela, é um menino que entrou pro exército, fardado e tudo, acho bonito ver menino assim, tão novo e fardado, eu tinha um tio que era soldado, irmão da minha mãe, tio Severino, chegou até a tenente. Mas ela falou alguma coisa, pra onde tava indo, por que é que tava mudando? Não, não, não falou nada não e eu também não gosto de ficar me metendo, depois ficam falando que o porteiro isso, que o porteiro aquilo, eu não pergunto nada da vida dos moradores, o senhor, por exemplo, eu podia perguntar da sua esposa, faz uns dois meses que eu não vejo ela por aqui, mas eu não pergunto, o que eu tenho a ver com isso?

Dia 119

Faz cinco anos que a dona Sônia fritou bife na margarina, que o presunto mofou, que esse filho de uma puta chamou essa merda toda de "revoluçã" pela primeira vez, que decorei meu número que tem letra, faz cinco anos que tenho caspa, que não tenho dinheiro nenhum, que a moça de olho azul ensinou a fazer carne com cerveja na panela de pressão, faz cinco anos que fui no mercado pela última vez, que me masturbei pela última vez, que tomei banho pela última vez, que comi bolo de fubá pela última vez. Faz cinco anos que eu entrei num bar na avenida Angélica, que pensei em tomar duas cervejas, que sentei sozinho numa mesa de canto, que fui mijar antes de voltar pra casa, que estava na fila do banheiro e a Ana Laura chegou, oi, lembra de mim, sou a Ana Laura, que namorou o Toni. Ah, lembro. E ela perguntou o que que eu tava fazendo lá, falei que já ia embora, ela perguntou da Rosa, a Rosa tá bem? E a Rosa tava ótima, a Rosa tava incrível, fui eu que fodi com tudo, foi esse filho da puta que fodeu com tudo, foi essa merda toda e o meu chefe e a dona Sônia e a porra do neto da dona Sônia. Faz cinco anos que cortaram a luz, o botijão de gás acabou, nunca mais cozinhei, só tem atum e bolacha de água e sal, dá seis horas da tarde e isso aqui tá um breu. Faz cinco anos que acendi a vela de sete dias que queimou em três, cinco anos que pedi pro mundo acabar e ele continua aqui. Tá tudo aqui: o mundo, o filho da puta que fala "revoluçã", as latas de atum empilhadas no armário, a garrafa de água na geladeira desligada, a Rosa que não volta, a moça do mercado que pergunta se é débito ou crédito. Eu continuo aqui e nem preciso consultar o meu cadastro, porque eu já sei. Eu sou um inimigo.

Maria Fernanda tem dois filhos e escreveu este livro enquanto esquentava o leite com chocolate, apartava as brigas no sofá, trocava o desenho da televisão.

Se felicidade se acha em horinhas de descuido, a literatura também.

Este livro foi composto na tipologia Garamond 11,5/16 impresso em Papel Pólen 90g/m2 em junho de 2025 para a Editora Patuá.